Francis Scott Fitzgerald est né le 24 septembre 1896 à Saint Paul dans le Minnesota. Malgré ses origines modestes, il entre dans la prestigieuse université de Princeton et découvre le monde des riches qui le fascinera toujours, en même temps qu'il s'en sentira rejeté. C'est le thème de *Gatsby le Magnifique* en 1925 et de *Tendre est la nuit* en 1934. De l'époque de Princeton, il garde deux regrets : de n'avoir pu faire partie de l'équipe de football et que la guerre ait fini trop tôt pour qu'il puisse lui aussi franchir l'Atlantique dans le corps expéditionnaire américain. La chance lui sourit avec son premier roman, *L'envers du paradis*, qui paraît en 1920 et fait scandale au lendemain de la Première Guerre mondiale, comme le manifeste d'une génération. Scott Fitzgerald décrit la vie nouvelle, libre, hardie de la jeunesse. Le jeune provincial du Middle West, fraîchement débarqué, a écrit sans le savoir une bible, celle de l'âge du jazz. Il devient aussitôt le porte-parole des *flappers*, les danseuses de charleston aux cheveux courts et aux genoux nus. Riche et célèbre, il épouse la fille qu'il convoitait, la belle Zelda Sayre. En 1922, il publie *Les heureux et les damnés*, histoire d'un jeune artiste qui se perd dans la dissipation. Quelques années plus tard, il publie *Gatsby le Magnifique*, dont le héros est un riche parvenu qui meurt dans la solitude sans jamais avoir pu se faire complètement accepter par l'« aristocratie », les riches de naissance. Mais la gloire de Fitzgerald ne dure que le temps des années folles et, après la crise de 1929, son univers passe de mode. Toujours à court d'argent, il écrit de nombreuses nouvelles, dont les meilleures sont réunies dans *Les enfants du jazz* (1922) et *Un diamant gros comme le Ritz* (1935). Il travaille comme scénariste à Hollywood, oublié et miné par la maladie et l'alcool. Zelda, devenue folle, a dû être internée. Il s'inspire de leur déchéance dans *Tendre est la nuit*, pour raconter la désagrégation d'un couple qui est aussi celle d'une société. Francis Scott Fitzgerald meurt d'une crise cardiaque en décembre 1940, laissant un beau roman inachevé : *Le dernier Nabab*, l'histoire d'un jeune producteur hollywoodien, amoureux fou de l'insaisissable Katleen, qui ressemble étrangement à son épouse disparue.

Découvrez, lisez ou relisez les livres de Francis Scott Fitzgerald :

LES ENFANTS DU JAZZ (Folio n° 1052)

LA FÊLURE (Folio n° 1305)

LA FÊLURE ET AUTRES NOUVELLES (Folio bilingue n° 124)

LES HEUREUX ET LES DAMNÉS (Folio n° 1583)

LE DERNIER NABAB (Folio n° 2002)

L'ENVERS DU PARADIS (L'Imaginaire n° 27)

LA SORCIÈRE ROUSSE, *précédé de* LA COUPE DE CRISTAL TAILLÉ (Folio 2 €, n° 3622)

UNE VIE PARFAITE, *suivi de* L'ACCORDEUR (Folio 2 €, n° 4276)

L'ÉTRANGE HISTOIRE
DE BENJAMIN BUTTON

I

Jadis, en 1860, il était bien vu de naître chez soi. À présent, l'Olympe de la médecine a décrété, paraît-il, que l'enfant pousserait son premier cri dans l'atmosphère antiseptique d'une maternité, de préférence une clinique en vogue. Les jeunes Mr. et Mrs. Roger Button avaient donc cinquante ans d'avance lorsqu'ils décidèrent, un beau jour de l'été 1860, que leur premier enfant naîtrait en clinique. Nul ne saura jamais si cet anachronisme influa en aucune façon sur l'histoire étonnante que je m'apprête à coucher par écrit.

Je vais vous conter les faits et vous laisserai juge.

Les Roger Button occupaient une position enviable, aussi bien sur le plan mondain que financier, dans le Baltimore d'avant la guerre de Sécession. Apparentés aux familles Untel et Untel, ils appartenaient donc, tout Sudiste vous le dira, à cette vaste aristocratie dont était essentiellement peuplée la Confédération. C'était leur premier contact avec la vieille coutume charmante de mettre des bébés au monde : la nervosité de Button était bien naturelle. Il espérait que ce serait un garçon pour pouvoir l'envoyer à l'université Yale, dans le Connecticut, établissement où Mr. Button avait lui-même porté pendant quatre ans le surnom assez parlant de « Manchette ».

Un jour de septembre, celui consacré à l'Événement, il se leva très ému à six heures du matin, s'habilla, ajusta un nœud de cravate impeccable et s'en fut en hâte au long des rues de Baltimore jusqu'à la clinique, afin de savoir si la nuit avait fait éclore une vie toute neuve.

Il se trouvait encore à une centaine de mètres du *Maryland Private Hospital for Ladies and Gentlemen* lorsqu'il aperçut le Dr Keene, médecin de la famille, qui descendait les marches du perron en se frottant les mains, du geste de se les laver imposé à tous les hommes de l'art par le code tacite de la profession.

Mr. Roger Button, président de la Roger Button & Co, Quincaillerie en gros, se mit à courir à la rencontre du Dr Keene, au mépris de la dignité qu'on aurait pu escompter de la part d'un gentilhomme du Sud à cette époque pittoresque.

— Dr Keene ! appela-t-il. Holà, Dr Keene !

Le médecin l'entendit, se retourna et attendit sur place ; une expression bizarre crispait ses traits rudes de praticien pendant que Mr. Button s'approchait.

— Quelles nouvelles ? demanda celui-ci en le rejoignant, pantelant. Qu'est-ce que c'est ? Comment va-t-elle ? Est-ce que c'est un garçon ? Lequel des deux ? Que…

— Calmez-vous ! dit sévèrement le Dr Keene, qui paraissait assez irrité.

— Le bébé est-il né ? implora Mr. Button.

Le Dr Keene fronça les sourcils.

— Eh bien, oui, sans doute… si l'on veut.

Il jeta encore à Mr. Button un drôle de regard.

— Ma femme va bien ?

— Oui.

— Est-ce un garçon ou une fille ?

— Suffit ! explosa le Dr Keene au comble de l'exaspération. Je vous prierai d'aller vous en rendre compte par vous-même. Intolérable !

Après avoir aboyé ce dernier mot en une seule syllabe, il se détourna en marmottant :

— Croyez-vous qu'un pareil cas va rehausser ma réputation professionnelle ? Un autre comme celui-là suffirait à me couler... à couler n'importe qui.

— Que se passe-t-il ? interrogea Mr. Button, effaré. Des triplés ?

— Non, pas des triplés ! coupa le docteur. D'ailleurs, vous n'aurez qu'à constater de vos yeux ce qu'il en est. Et trouvez un autre médecin. Je vous ai mis au monde, jeune homme, je suis demeuré quarante ans durant votre médecin de famille, mais c'est bien fini. Je ne veux plus vous voir, ni vous ni aucun des vôtres, jamais ! Adieu !

Puis il tourna les talons, grimpa, sans un mot de plus, dans son phaéton qui l'attendait sur le bas-côté de la chaussée, et s'éloigna, implacable.

Mr. Button resta planté au bord du trottoir, stupéfait, tremblant de la tête aux pieds. Quel horrible coup du sort s'était abattu sur eux ? Il avait perdu subitement toute envie de pénétrer dans le *Maryland Private Hospital for Ladies and Gentlemen ;* il dut se forcer, un instant plus tard, à gravir les marches et franchir la porte d'entrée.

Une infirmière était assise derrière une table dans la pénombre vitreuse du hall. Ravalant sa honte, Mr. Button s'avança vers elle.

— Bonjour, dit-elle avec un regard aimable.

— Bonjour. Je… je suis Mr. Button.

À ces mots, la terreur se répandit sur les traits de la jeune fille. Elle se leva d'un bond et sembla sur le point de s'enfuir, ne se maîtrisant qu'au prix d'efforts visiblement pénibles.

— Je veux voir mon enfant, reprit Mr. Button.

L'infirmière laissa échapper un petit cri.

— Oh ! Bien sûr ! s'exclama-t-elle d'une voix hystérique. Là-haut. C'est là-haut. Vous… montez !

Elle indiqua du doigt la direction, et Mr. Button, baigné d'une sueur froide, se détourna misérablement pour monter au premier. Là, il s'adressa dans le couloir à une autre infirmière qui venait vers lui, une cuvette à la main.

— Je suis Mr. Button, parvint-il à articuler. Je veux voir mon…

Patatras ! La cuvette tomba à grand fracas et roula jusqu'à l'escalier. Clac ! Clac ! Clac ! Elle entreprit une dégringolade persistante, comme si elle partageait la terreur générale inspirée par ce monsieur.

— Je veux voir mon enfant ! hurla presque Mr. Button, qui frôlait la crise de nerfs.

Clac, clac ! La cuvette était arrivée en bas. L'infirmière se ressaisit et écrasa Mr. Button d'un regard de franc mépris.

— Oui, monsieur, acquiesça-t-elle à mi-voix. Très bien. Mais si vous saviez dans quel état cette affaire nous a tous mis ce matin ! C'est absolument scandaleux. La clinique ne retrouvera jamais sa réputation, après…

— Vite ! cria-t-il d'un ton rauque. Je n'en peux plus !

— Bon, venez par ici, monsieur.

Il se traîna à sa suite. Au bout du long couloir, ils atteignirent une salle d'où sortaient des clameurs variées. Ils entrèrent. Une demi-douzaine de berceaux laqués blanc étaient alignés le long des murs, chacun porteur d'une étiquette nouée au chevet.

— Alors, haleta Mr. Button, lequel est le mien ?

— Là, dit l'infirmière.

Mr. Button suivit des yeux le doigt pointé, et voici ce qu'il vit. Enroulé dans une volumineuse couverture blanche, et partiellement enfoncé dans l'un des berceaux, un homme âgé de quelque soixante-dix ans se tenait assis. Ses cheveux rares étaient presque blancs et une longue barbe grise lui pendait au menton, agitée d'une ondulation absurde par la brise qui venait de la fenêtre. Il leva sur Mr. Button des yeux pâles, fanés, où se lisait une interrogation muette.

— Suis-je fou ? explosa Mr. Button, dont

l'épouvante se condensait en rage. S'agit-il d'une sinistre farce de carabins ?

— Cela ne nous fait pas l'effet d'une farce, répliqua sèchement l'infirmière. Et j'ignore si vous êtes fou ou non ; mais c'est incontestablement votre enfant.

Les gouttes de sueur froide se multiplièrent sur le front de Mr. Button. Il ferma les yeux, les rouvrit, regarda à nouveau. Pas d'erreur, il contemplait un homme vieux de quatorze lustres, un *bébé* de quatorze lustres, un bébé dont les jambes pendaient par-dessus les côtés du berceau où il reposait.

Placide, le vieil homme les regarda tour à tour, puis il éleva soudain une voix fêlée :

— Êtes-vous mon père ? demanda-t-il.

Mr. Button et l'infirmière sursautèrent violemment.

— Parce que dans ce cas, continua le vieillard d'un ton grognon, je voudrais bien que vous me sortiez d'ici... ou au moins qu'on me donne un bon fauteuil à bascule.

— Au nom du ciel, d'où venez-vous ? Qui êtes-vous ? s'écria Mr. Button, pris de frénésie.

— Je ne peux pas vous dire qui je suis, répondit la voix geignarde, car il y a seulement quelques heures que je suis venu au monde ; mais mon nom est indiscutablement Button.

— Vous mentez ! Vous êtes un imposteur !

Le vieil homme se tourna vers l'infirmière avec lassitude.

— Charmante façon d'accueillir son nouveau-né, se plaignit-il faiblement. Dites-lui qu'il se trompe, qu'attendez-vous ?

— Vous vous trompez, Mr. Button, dit sévèrement l'infirmière. C'est là votre enfant, et il faudra bien vous y faire. Nous vous prions de l'emmener chez vous le plus tôt possible… aujourd'hui même.

— Chez moi ? répéta Mr. Button, incrédule.

— Oui, nous ne pouvons pas le garder ici. Vraiment pas, comprenez-vous ?

— Encore une chance, geignit le vieillard. Bel endroit où installer un garçon aux goûts paisibles. Avec tous ces cris, ces hurlements, je n'ai pas fermé l'œil. J'ai demandé quelque chose à manger (là, sa protestation prit un ton aigu) et on m'a apporté un biberon de lait !

Mr. Button s'effondra sur une chaise près de son fils et enfouit son visage dans ses mains.

— Mon Dieu ! murmura-t-il, au comble de l'horreur. Que vont dire les gens ? Que dois-je faire ?

— Il faut l'emmener chez vous, tout de suite, insista l'infirmière.

Une image grotesque se présenta aux yeux du

malheureux avec une affreuse netteté. Il se vit parcourir les rues de la ville, pleines de monde, flanqué de cette apparition consternante.

— Je ne peux pas, je ne peux pas, gémit-il.

Ses connaissances s'arrêteraient pour lui parler, et que dirait-il ? Il serait obligé de leur présenter cet… ce septuagénaire : « Voici mon fils, il est né ce matin de bonne heure. » Puis le vieillard se draperait dans sa couverture et ils reprendraient leur chemin, passeraient devant les boutiques animées, le marché aux esclaves (sombre pensée, Mr. Button regretta un instant que son fils ne fût pas noir), les demeures luxueuses du quartier résidentiel, la maison de retraite…

— Allons, ressaisissez-vous ! ordonna l'infirmière.

— Dites donc, s'insurgea brusquement le vieil homme, si vous croyez que je vais aller à la maison dans cette couverture, vous n'y êtes pas du tout.

— On met toujours les enfants dans des couvertures.

Il brandit en ricanant un petit lange blanc.

— Regardez un peu ! chevrota-t-il. Voilà ce qu'on avait préparé pour moi.

— C'est ce que portent tous les bébés, répliqua l'infirmière d'un air pincé.

— Eh bien, ce bébé-ci ne portera plus rien

du tout d'ici deux minutes. Cette couverture me gratte. On aurait pu au moins me donner un drap.

— Restez couvert ! Restez couvert ! recommanda précipitamment Mr. Button.

— Et une canne, père. Je veux avoir une canne.

Mr. Button claqua sauvagement la porte principale de la clinique.

II

— Bonjour, dit nerveusement Mr. Button au vendeur des Magasins de Nouveautés de Chesapeake. Je voudrais acheter des vêtements pour mon enfant.

— Quel âge, monsieur ?

— Un peu plus de six heures, répondit Mr. Button après un bref calcul.

— Le rayon layette est au fond.

— Ah ! mais je ne pense pas... Je ne sais pas si c'est ce qu'il me faut. C'est... c'est un enfant très grand. D'une taille... euh... exceptionnelle.

— Vous trouverez les plus grandes tailles nourrisson.

— Où est le rayon garçonnets ? demanda Mr. Button, changeant désespérément de tactique et convaincu que le vendeur soupçonnait son secret honteux.

— Ici même.

— Ah ! bon...

Il hésita. L'idée d'habiller son fils avec des vêtements d'homme lui répugnait. Si seulement, par exemple, il pouvait mettre la main sur un très ample costume de petit garçon, on raserait cette barbe si longue et abominable, on teindrait en châtain les cheveux blancs, et peut-être parviendrait-il ainsi à dissimuler le pire et à sauvegarder un peu son amour-propre, sans parler de son prestige mondain à Baltimore.

Mais l'exploration frénétique du rayon garçonnets ne révéla pas le moindre costume capable de vêtir le jeune Button. Son père s'en prit naturellement au magasin, comme il est d'usage en de telles circonstances.

— Quel âge a votre fils, disiez-vous ? interrogea l'employé, intrigué.

— Il a... seize ans.

— Ah ! excusez-moi. Je croyais que vous aviez dit six heures. Vous trouverez le rayon adolescents dans l'allée de droite.

Mr. Button tourna piteusement les talons. Puis il s'arrêta net, son visage s'éclaira, et il montra du doigt un mannequin dans la vitrine.

— Voilà ! s'écria-t-il. Je prendrai ce costume, celui qui est sur le mannequin.

L'employé ouvrit de grands yeux.

— Mais, monsieur, protesta-t-il, ce n'est pas un costume d'enfant. Ou plutôt, si, mais c'est un déguisement. Vous pourriez le porter vous-même !

— Emballez-le-moi, insista son client d'une voix tendue. C'est ce que je cherchais.

Étonné, le vendeur obéit.

De retour à la clinique, Mr. Button entra dans la nursery et jeta presque le paquet à la tête de son fils.

— Voilà tes vêtements.

Le vieil homme défit le paquet et considéra d'un œil critique le contenu.

— Ils me paraissent plutôt bizarres, objecta-t-il. Je ne veux pas avoir l'air d'un singe...

— Comme si, moi, je n'avais pas l'air d'un singe, grâce à toi ! rétorqua férocement Mr. Button. Ne t'occupe pas de l'air que tu auras. Mets ça, sans quoi je... sans quoi je te flanque une fessée.

Ce mot lui resta un peu en travers de la gorge, mais il lui semblait convenir à la situation.

— D'accord, père, répliqua l'autre avec une burlesque apparence de respect filial. Vous êtes né avant moi, vous devez savoir ce qui s'impose. Comme vous voudrez.

Pour la deuxième fois, le nom de « père » fit sursauter Mr. Button.

— Et dépêche-toi.

— Je me dépêche, père.

Quand son fils fut habillé, Mr. Button l'examina avec accablement. Le costume se composait de chaussettes à pois, d'une barboteuse rose et d'une chemisette à grand col blanc. La longue barbe grise venait onduler sur ce col, tombant presque jusqu'à la taille. L'effet n'était pas heureux.

— Attends !

Mr. Button saisit une paire de ciseaux dans la poche de l'infirmière pour amputer la barbe en trois coups rapides. Malgré cette amélioration, l'ensemble était loin de constituer une réussite. Le balai de poils tondus, les yeux larmoyants, les vieilles dents juraient étrangement avec la fantaisie du costume. Pourtant, Mr. Button fut inflexible ; il tendit la main :

— Viens ! dit-il, austère.

Son fils prit sa main d'un geste confiant.

— Comment allez-vous m'appeler, papa ? demanda-t-il de sa voix cassée. Rien que « Bébé » pendant quelque temps, en attendant de trouver mieux ?

— Je n'en sais rien, grommela Mr. Button. Je crois que nous t'appellerons Mathusalem.

III

Même après qu'on eut coupé très court et teint d'un noir peu naturel les cheveux clairsemés du nouveau Button, qu'on l'eut rasé de si près que ses joues reluisaient, et habillé d'un costume de petit garçon fait sur mesure par un tailleur éberlué, il était impossible pour Mr. Button d'oublier que son fils constituait une piètre incarnation du premier bébé de la famille. Tout voûté qu'il était, Benjamin Button — car on avait préféré ce nom à celui, plus approprié mais désobligeant, de Mathusalem — mesurait un mètre soixante-quinze. Une taille que ses vêtements ne pouvaient dissimuler, pas plus que ses sourcils épilés et brunis ne masquaient ses yeux fanés, larmoyants, fatigués. Dès qu'elle le découvrit, la nurse qui avait été engagée à l'avance quitta la maison, folle d'indignation.

Mr. Button demeura pourtant inflexible. Benjamin était un bébé, il resterait un bébé. Benjamin n'aimait pas le lait chaud, il se passerait de manger, déclara d'abord son père ; mais on finit par le persuader d'autoriser le pain et le beurre, et même la bouillie d'avoine, en manière de compromis. Il rentra un jour chez lui muni d'un hochet qu'il donna à Benjamin, et il tint absolument à le voir « jouer avec », sur quoi le vieillard prit l'objet d'un air las et produisit docilement un bruit de grelot qui se répéta à intervalles réguliers tout le long du jour.

Il est cependant hors de doute que le hochet l'ennuyait, et qu'il se procurait quand on le laissait seul d'autres distractions plus à son goût. Par exemple, Mr. Button s'aperçut un soir qu'au cours de la semaine écoulée il avait fumé plus de cigares que jamais, phénomène qui s'expliqua quelques jours après lorsque, entrant à l'improviste dans la nursery, il la trouva envahie d'une légère fumée bleutée ; Benjamin, la mine coupable, essayait de faire disparaître le mégot d'un gros havane.

Certes, ce délit méritait une solide fessée, mais Mr. Button ne put prendre sur lui de la lui administrer. Il avertit simplement son fils du danger de « compromettre sa croissance ».

Il s'entêta néanmoins dans son attitude. Il apportait des soldats de plomb, des trains en bois, de gros animaux en peluche sympathiques et, pour parfaire l'illusion qu'il créait, à son propre usage en tout cas, il questionnait ardemment le vendeur du magasin de jouets pour s'assurer que

« la peinture du canard rose ne partirait pas si le bébé le mettait dans sa bouche ». Mais les efforts persistants de son père échouaient à éveiller l'intérêt de Benjamin. Il se faufilait dans l'escalier de service pour revenir à la nursery chargé d'un volume de l'*Encyclopædia Britannica* et s'y plonger tout l'après-midi, tandis que ses vaches en tissu et son arche de Noé gisaient par terre à l'abandon. Contre une telle obstination, la volonté de Mr. Button ne pouvait pas grand-chose.

Dans Baltimore, le retentissement de cette histoire fut d'abord énorme. On ne saurait déterminer combien le renom des Button et de leur famille eût risqué d'en souffrir si la guerre de Sécession, en éclatant, n'avait pas détourné l'attention de leurs concitoyens. Quelques visiteurs d'une politesse sans faille se torturèrent l'esprit en quête de compliments à faire aux parents ; ils eurent finalement l'idée ingénieuse de déclarer que le bébé ressemblait à son grand-père, chose indéniable vu l'état de délabrement commun à tous les septuagénaires. Cette constatation ne plaisait ni à Mr. ni à Mrs. Button, et le grand-père de Benjamin était furieusement vexé.

Dès sa sortie de la clinique, Benjamin prit la vie comme elle venait. On invita pour lui plusieurs petits garçons et il passa un après-midi, malgré la raideur de ses articulations, à tâcher de s'intéresser aux toupies et aux billes ; il arriva même, tout à fait accidentellement, à briser une vitre de la cuisine avec un caillou lancé à la fronde, exploit qui ravit son père en secret.

Par la suite, il trouva moyen de casser quelque chose tous les jours, mais il n'agissait ainsi que pour se conformer à ce qu'on attendait de lui, et parce qu'il était obligeant de nature.

Quand l'hostilité initiale de son grand-père se fut résorbée, Benjamin et ce vieux monsieur prirent grand plaisir à leur compagnie réciproque. Ces deux êtres d'âge et d'expérience si différents passaient des heures ensemble comme de vieux copains, à commenter de façon inlassable et monotone le lent déroulement des jours. Benjamin se sentait plus à l'aise avec son grand-père qu'avec ses parents ; ils semblaient toujours avoir un peu peur de lui et, en dépit de l'autorité dictatoriale qu'ils exerçaient sur leur fils, ils l'appelaient souvent « monsieur ».

Son apparente maturité physique et mentale à la naissance le déconcertait autant que n'importe qui d'autre. Il lut une étude à ce sujet dans la gazette médicale, mais apprit que jamais encore un tel cas ne s'était présenté. Sur l'insistance de son père, il faisait des efforts sincères pour s'amuser avec des garçons et participait fréquemment aux jeux les moins brutaux ; le football américain le mettait à trop rude épreuve et il craignait que ses vieux os, s'ils étaient fracturés, ne refusent de se ressouder.

À cinq ans, on l'envoya à l'école maternelle, où il fut initié à l'art de coller du papier vert sur du papier orange, de tisser des motifs colorés et de fabriquer les sempiternels colliers en carton. Il avait tendance à s'endormir au milieu de ces activités, habitude qui effrayait la maîtresse autant qu'elle l'irritait. Au grand soulagement de Benjamin, elle se plaignit à ses parents qui le retirèrent de l'école. Ils trouvaient leur fils encore trop jeune, expliquèrent les Button à leurs amis.

Au bout de douze années, ses parents s'étaient accoutumés à lui. Telle est la force de l'habitude qu'ils ne le voyaient même plus différent des autres enfants, sauf lorsqu'une anomalie venait les frapper. Mais un beau jour que Benjamin se regardait dans la glace, quelques semaines après son douzième anniversaire, il fit ou crut faire une découverte étonnante. Sa vue le trahissait-elle, ou bien ses cheveux avaient-ils graduellement viré du blanc au gris fer sous la teinture ? Le réseau de rides sur son visage ne devenait-il pas moins accusé ? Sa peau n'était-elle pas plus saine, plus ferme, et même colorée d'une teinte vermeille par le froid hivernal ? Il n'aurait su le dire.

Son dos n'était plus voûté, cela, il le savait, et son état général était meilleur qu'aux premiers temps de son existence. Il osait à peine s'interroger :

« Se pourrait-il... ? »

Il alla trouver son père.

— Je suis grand, affirma-t-il résolument. Je veux porter un pantalon.

Mr. Button hésita :

— Mon Dieu, je ne sais pas, répondit-il enfin. C'est quatorze ans, l'âge du pantalon, et tu n'en as que douze...

— Mais vous ne pouvez nier, protesta Benjamin, que je suis grand pour mon âge.

Son père s'offrit l'illusion de mettre la chose en doute :

— Pas tellement, j'étais aussi grand que toi à douze ans.

C'était faux, mais les conventions adoptées par Roger Button vis-à-vis de lui-même l'obligeaient à croire son fils normal.

Ils trouvèrent finalement un compromis. Benjamin continuerait de se laisser teindre les cheveux. Il s'efforcerait mieux de jouer avec les garçons de son âge. Dans la rue, il ne porterait pas ses lunettes ni ne s'appuierait sur une canne. En échange de ces concessions, il obtint son premier costume doté d'un pantalon.

IV

Nous ne nous étendrons pas sur la vie de Benjamin Button entre sa douzième et sa vingt-cinquième année. Disons simplement que ce furent des années de décroissance régulière. À dix-huit ans, Benjamin était droit comme un quinquagénaire ; il avait les cheveux plus épais, d'un brun à peine grisonnant ; sa démarche était alerte, sa voix avait perdu son chevrotement fragile pour devenir un ferme baryton. Aussi son père l'envoya-t-il dans le Connecticut passer les examens d'entrée à Yale. Benjamin fut admis en première année à l'université.

Trois jours après son arrivée, il reçut une convocation de Mr. Hart, secrétaire général, le priant de venir au bureau afin d'établir un programme. Benjamin, en consultant son miroir, estima que ses cheveux nécessitaient une nouvelle application de teinture brune ; mais il s'aperçut, en fouillant anxieusement dans son tiroir de commode, que le flacon ne s'y trouvait pas. La mémoire lui revint : il l'avait vidé la veille, et jeté.

Il était confronté à un dilemme. Il devait se présenter au secrétariat cinq minutes plus tard. Il n'avait manifestement aucun recours ; il lui faudrait se montrer tel qu'il était. Il s'y résigna.

— Bonjour, dit poliment le secrétaire. Vous venez vous renseigner pour votre fils ?

— Euh, à la vérité je m'appelle Button... commença Benjamin, aussitôt interrompu par Mr. Hart.

— Heureux de faire votre connaissance, Mr. Button. J'attends votre fils ici même d'un instant à l'autre.

— Mais c'est moi ! explosa Benjamin. Je suis admis en première année.

— Comment ?

— J'entre en première année.

— Vous plaisantez certainement.

— Pas du tout.

Le secrétaire, les sourcils froncés, consulta une fiche posée devant lui.

— Voyons, j'ai ici l'indication de l'âge de Mr. Benjamin Button : dix-huit ans.

— C'est précisément mon âge, affirma Benjamin en rougissant un peu.

Le secrétaire le regarda de travers.

— Enfin, Mr. Button, vous n'espérez pas me faire avaler une pareille invraisemblance !

Benjamin sourit d'un air las.

— J'ai dix-huit ans, insista-t-il.

Le secrétaire lui montra la porte d'un doigt sévère.

— Sortez. Je vous prie de quitter l'université et la ville. Vous êtes un fou dangereux.

— J'ai dix-huit ans.

Mr. Hart ouvrit la porte.

— Quel aplomb ! cria-t-il. À votre âge, essayer d'entrer en première année chez nous ! Ah, vous avez dix-huit ans ? Eh bien moi, je vous donne dix-huit minutes pour déguerpir de la ville.

Benjamin Button sortit dignement du bureau sous les regards curieux d'une demi-douzaine d'étudiants qui attendaient dans le couloir. Au bout de quelques mètres, il se retourna, dévisagea le secrétaire hors de lui qui était resté sur le seuil de la porte, et il répéta d'une voix ferme :

— J'ai dix-huit ans.

Accompagné par le chœur de ricanements des étudiants, Benjamin s'éloigna.

Mais il n'allait pas s'en tirer à si bon compte. En dirigeant mélancoliquement ses pas vers la gare, il constata qu'il était suivi par un groupe, puis un essaim et enfin une foule d'étudiants. La nouvelle s'était répandue : un fou avait passé les examens d'entrée à Yale, comptant faire croire qu'il avait dix-huit ans. La fièvre s'empara de l'université. Des garçons quittaient leurs cours en trombe, tête nue, l'équipe de football abandonna l'entraînement pour se joindre au rassemblement, des épouses de professeurs, le chapeau de guingois et la robe en bataille, couraient en jacassant derrière la procession, d'où jaillissait un feu continu de lazzis destinés à blesser la tendre susceptibilité de Benjamin Button.

— C'est sûrement le Juif Errant.

— Il devrait entrer à la communale, à son âge.

— Regardez l'enfant prodige !

— Il nous a pris pour l'asile de vieillards.

— Il est à point pour Harvard !

Benjamin accéléra son allure ; il atteignit bientôt le pas de course. Il leur montrerait ! Il irait à Harvard, en effet, et il leur ferait regretter leurs moqueries imprudentes !

Une fois monté sain et sauf dans le train de Baltimore, il se pencha par la fenêtre.

— Vous le regretterez ! cria-t-il.

Ha ! Ha ! Un grand éclat de rire secoua les étudiants. Ha ! Ha ! Ha ! Jamais l'université Yale n'avait commis plus lourde erreur...

V

En 1880, Benjamin Button fêta son vingtième anniversaire et il marqua cette date en entrant en fonction chez son père, à la Roger Button &

Co, Quincaillerie en gros. Cette même année, il fit ses débuts dans le monde ; c'est-à-dire que son père insista pour l'emmener à plusieurs bals élégants. Roger Button avait maintenant cinquante ans, et son fils et lui s'entendaient de mieux en mieux ; en fait, depuis que Benjamin avait cessé de se teindre les cheveux (encore légèrement grisonnants), on leur donnait à peu près le même âge et ils auraient pu passer pour des frères.

Un soir du mois d'août, en grande tenue de soirée, ils prirent leur phaéton pour se rendre à un bal dans la maison de campagne des Shevlin, aux environs immédiats de Baltimore. C'était une soirée magnifique. La lune ronde baignait la route d'une matité de platine, et les fleurs des champs tardives chargeaient l'air immobile de senteurs semblables à des rires assourdis. La campagne, tapissée à perte de vue de blé lustré, transparaissait comme en plein jour. Il était presque impossible de ne pas s'émouvoir de la pure beauté du ciel... oui, presque.

— Il y a un grand avenir pour le commerce de la quincaillerie, disait Roger Button, dont la spiritualité n'était pas plus développée que le sens de l'esthétique. Les vieux routiers comme moi ont du mal à assimiler les tactiques nouvelles, observa-t-il avec sagacité. C'est à vous, les jeunes, à votre énergie, à votre vitalité qu'est promis le grand avenir.

Les lumières de la maison de campagne des Shevlin apparurent loin devant, puis une sorte de soupir monta avec insistance jusqu'à eux ; ce pouvait être la douce plainte de violons ou le frémissement des blés d'argent sous la lune.

Ils s'arrêtèrent à côté d'un joli coupé qui déposait ses passagers devant la porte. Une dame en débarqua, suivie d'un homme d'un certain âge, puis d'une demoiselle belle comme le péché. Benjamin tressaillit ; une modification presque chimique lui sembla dissoudre et recomposer les éléments mêmes de son corps. Il fut parcouru d'un frisson, le sang lui monta aux joues, au front, et lui battit aux oreilles. C'était le coup de foudre.

La jeune fille était élancée et frêle ; ses cheveux cendrés au clair de lune prirent sous les becs de gaz du porche des couleurs de miel. Elle avait jeté sur ses épaules une mantille espagnole du jaune le plus pâle, piquetée de papillons noirs ; ses pieds scintillaient comme deux boutons de fleurs au bas de sa robe à tournure.

Roger Button se pencha vers son fils :

— C'est la petite Hildegarde Moncrief, la fille du général Moncrief.

Benjamin inclina la tête, impassible.

— Mignonne, dit-il négligemment.

Mais, quand le palefrenier noir eut pris en charge le phaéton, il ajouta :

— Vous pourriez me présenter à elle, père.

Ils s'approchèrent d'un groupe dont miss Moncrief occupait le centre. Élevée conformément aux vieilles traditions, elle plongea en une révérence devant Benjamin. Oui, elle lui accorderait une danse. Il la remercia et s'éloigna… chancelant.

L'attente de son tour lui parut interminable. Debout contre le mur, silencieux, impénétrable, il épiait d'un œil noir les manœuvres des jeunes daims de Baltimore autour de Hildegarde Moncrief, et l'admiration vibrante qu'exprimaient leurs visages. Il les trouvait odieux, intolérablement frais et roses. Leurs favoris bruns et frisés provoquaient chez lui une sensation voisine de la nausée.

Mais lorsque ce fut à lui d'entraîner la jeune fille sur la piste mouvante au rythme de la dernière valse parisienne en vogue, sa jalousie, son anxiété fondirent comme neige au soleil. Ébloui de ravissement, il se sentait commencer à vivre.

— Vous êtes arrivés juste en même temps que nous, vous et votre frère, n'est-ce pas ? demanda Hildegarde en levant sur lui des yeux d'émail bleu.

Benjamin hésita. Si elle le prenait pour le frère de son père, fallait-il la détromper ? Il se rappela son aventure à Yale, et décida le contraire. Il eût été discourtois de contredire une demoiselle, lamentable de gâcher ce moment merveilleux en révélant la grotesque histoire de sa naissance. Plus tard, peut-être. Il se contenta donc de s'incliner, de sourire, d'écouter, d'être heureux.

— J'aime les hommes de votre âge, affirmait Hildegarde. Les jeunes gens sont si bêtes. Ils me racontent quelle quantité de champagne ils boivent à l'université, et combien d'argent ils perdent au jeu. Les hommes mûrs savent apprécier les femmes.

Benjamin était au bord de la demande en mariage ; il fit effort pour se dominer.

— Vous avez exactement l'âge romantique, continuait-elle. Cinquante ans. À vingt-cinq, on est trop superficiel ; à trente, c'est la pâleur du surmenage ; quarante, c'est l'époque des longs récits qui prennent le temps d'un cigare entier ; soixante, c'est… Bah, soixante, c'est trop près de soixante-dix ; mais cinquante, c'est mûr à point. Cinquante ans, j'adore.

Cinquante ans parurent à Benjamin l'âge idéal ; il regretta passionnément de ne pas avoir cinquante ans.

— J'ai toujours dit, poursuivait Hildegarde,

que je préférerais épouser un homme de cinquante ans qui veillerait sur moi plutôt qu'un homme de trente ans sur qui je veillerais.

Pour Benjamin, le reste de la soirée baigna dans une brume dorée. Hildegarde lui accorda deux autres danses, et ils se découvrirent merveilleusement en accord sur toutes les questions d'actualité. Ils convinrent de faire ensemble une promenade en voiture le dimanche suivant, afin de mieux sonder ces questions.

Dans le phaéton qui les ramenait chez eux peu avant l'aube, alors que bourdonnaient les premières abeilles et que miroitait la rosée fraîche sous la lune déclinante, Benjamin entendait vaguement son père analyser la quincaillerie en gros.

— … et à ton avis, qu'y a-t-il encore qui mériterait notre attention, outre les marteaux et les clous ? demandait Mr. Button père.

— Elle est belle… murmura Benjamin distraitement.

— Les pelles ? s'exclama Roger Button. Mais je viens d'en parler !

Benjamin tourna vers lui un regard sidéré, au moment où le ciel s'éclairait à l'horizon oriental tandis qu'un loriot sifflait ses premières notes dans les arbres qui s'éveillaient…

VI

Six mois après, quand filtra la nouvelle des fiançailles de miss Hildegarde Moncrief avec Benjamin Button (filtra, dis-je, car le général Moncrief se serait fait hara-kiri plutôt que de les annoncer), l'émotion fut à son comble dans la bonne société de Baltimore. On se rappela l'histoire presque oubliée de la naissance de Benjamin. Portée par un vent de scandale, elle prit les formes les plus incroyables et rocambolesques. On insinua que Benjamin Button était en réalité le père de Roger Button, son frère qui venait de purger quarante ans de prison, John Wilkes Booth sous un faux nom, voire qu'il avait sur le crâne deux petites cornes pointues.

Les éditions dominicales des journaux new-yorkais exploitèrent l'affaire à grand renfort de dessins fascinants, où l'on voyait la tête de Benjamin Button surmontant un poisson, un serpent, et enfin un corps de métal massif. La presse le baptisa Monsieur Mystère du Maryland. Mais la vérité, comme toujours en pareil cas, ne fut guère ébruitée.

Bref, c'était « criminel », chacun en convint avec le général Moncrief, qu'une ravissante jeune fille qui avait à sa portée les plus beaux partis de Baltimore se jetât dans les bras d'un quinquagénaire. Mr. Roger Button fit vainement reproduire en gros caractères dans le journal de Baltimore l'acte de naissance de son fils. Personne n'y crut. Il suffisait de voir Benjamin pour être fixé.

Quant aux deux principaux intéressés, ils ne connurent pas d'hésitations. On propageait tant de mensonges sur son fiancé que Hildegarde refusa même obstinément d'ajouter foi à ce qui était vrai. Le général Moncrief eut beau souligner le risque de mortalité qui guettait les quinquagénaires, réels ou apparents, déplorer les fluctuations du marché de la quincaillerie, Hildegarde avait choisi d'épouser la maturité, elle épousa…

VII

Les amis de Hildegarde Moncrief se trompaient au moins sur un point : la quincaillerie en gros se développa remarquablement. Au cours des quinze années qui s'écoulèrent entre le mariage de Benjamin Button, en 1880, et la retraite de son père en 1895, la fortune familiale doubla. Et cette prospérité fut surtout l'œuvre du jeune Button.

Il va sans dire que Baltimore avait, entre-temps, accueilli le couple en son sein. Le vieux général Moncrief lui-même conçut de la sympathie pour son gendre quand celui-ci subventionna l'édition de son *Histoire de la guerre de Sécession* en vingt volumes, précédemment refusée par une quinzaine d'éditeurs.

Sur la personne de Benjamin, ces quinze années avaient aussi opéré de grands changements. Il sentait le sang couler dans ses veines avec une ardeur nouvelle. Cela devenait un plaisir de se lever le matin, d'arpenter d'un pas vif les rues animées sous le soleil, de manipuler inlassablement ses cargaisons de marteaux et chargements de clous. Ce fut en 1890 qu'il réussit son fameux coup de maître ; il suggéra que *tous les clous utilisés pour clouer les caisses dans lesquelles voyagent les clous soient la propriété du destinataire*, proposition qui fut érigée en statut, grâce à quoi la Roger Button & Co, Quincaillerie en gros put économiser plus de six cents clous par an.

Benjamin découvrit en outre que les plaisirs de l'existence l'attiraient de plus en plus. Marque de son enthousiasme croissant pour les activités plaisantes, il fut le premier citoyen de Baltimore à posséder et conduire une automobile. Lorsqu'ils le rencontraient dans la rue, ses contemporains scrutaient d'un œil envieux l'image qu'il donnait de la santé et de la vitalité.

« Il a l'air de rajeunir tous les jours », observaient-ils. Et si Roger Button, qui avait atteint ses soixante-cinq ans, s'était d'abord montré peu chaleureux envers son fils, il se rattrapait en lui vouant à présent une sorte de culte.

Et nous voici tenus d'aborder une question désagréable sur laquelle il vaudra mieux glisser le plus vite possible. Benjamin Button n'avait qu'un sujet de tourment : sa femme ne lui inspirait plus aucune attirance.

Hildegarde avait maintenant trente-cinq ans et un fils de quatorze ans. Aux premiers temps de leur union, Benjamin l'avait adulée. Mais, à mesure que les années passaient, les cheveux de miel devenaient d'un châtain terne, l'émail bleu de ses yeux prenait l'aspect d'une faïence défraîchie et, surtout, elle avait contracté des habitudes trop assises, trop placides, se contentant de distractions anémiques. Son goût ne cessait de s'assagir. Jeune épousée, c'était elle qui traînait Benjamin à des bals, des dîners ; or, les rôles se trouvaient désormais inversés. Elle l'accompagnait « dans le monde », mais non sans réticence, déjà rongée par cette inertie éternelle qui s'installe un jour en nous pour ne plus nous quitter.

L'insatisfaction de Benjamin augmentait. Son

foyer ayant perdu tout attrait pour lui, lorsque la guerre hispano-américaine éclata en 1898 il décida de s'engager dans l'armée. Sa position lui permit d'obtenir un brevet de capitaine, et il sut si bien s'adapter à ses fonctions qu'il fut promu commandant puis lieutenant-colonel, à temps pour participer au célèbre assaut de San Juan Hill. Il reçut une blessure légère et une décoration.

Benjamin s'était attaché à la vie militaire, active et excitante, au point de regretter de la quitter. Mais comme ses affaires le réclamaient, il démissionna et regagna Baltimore. Une fanfare lui souhaita la bienvenue à la gare et l'escorta jusque chez lui.

VIII

Hildegarde l'accueillit sous le porche de leur maison en agitant un grand drapeau de soie ; au moment même où il l'embrassait, il perçut, le cœur serré, quelles traces ces trois années avaient laissées. C'était maintenant une quadragénaire aux cheveux striés de gris. Cette constatation le déprima.

Une fois monté dans sa chambre, il aperçut son propre reflet dans le miroir familier. Il s'approcha et s'examina avec angoisse, puis entreprit de comparer son visage avec une photographie de lui sous l'uniforme prise juste avant son départ.

— Grands dieux ! s'exclama-t-il à voix haute.

Le processus continuait. Aucun doute n'était permis : il avait maintenant l'apparence d'un homme de trente ans. Au lieu d'en être ravi, il se sentit mal à l'aise. Il rajeunissait. Quand son âge physique aurait atteint son âge réel, avait-il espéré auparavant, le phénomène grotesque qui avait entaché sa naissance cesserait d'agir. Il frissonna. Son destin lui sembla affreux, inconcevable.

Lorsqu'il descendit, Hildegarde l'attendait en bas. Elle paraissait soucieuse et il se demanda si elle s'était enfin aperçue que quelque chose n'allait pas. En un effort pour détendre l'atmosphère entre eux, il aborda la question pendant le dîner, d'une manière qu'il estima délicate.

— Eh bien, dit-il d'un ton dégagé, tout le monde me trouve l'air plus jeune que jamais.

Hildegarde renifla avec mépris.

— Pensez-vous avoir lieu de vous en vanter ?

— Je ne m'en vante pas, protesta-t-il, gêné.

Elle renifla une seconde fois.

— Quelle aberration ! (Elle ménagea une

pause.) Je vous aurais cru capable d'assez de dignité pour y mettre un terme.

— Comment le pourrais-je ?

— Je refuse d'en discuter avec vous, rétorqua-t-elle. Mais il y a deux façons de procéder, la bonne et la mauvaise. Si vous avez choisi d'être différent de tout un chacun, je suppose que je ne parviendrai pas à vous en empêcher... mais je ne trouve vraiment pas cela très prévenant de votre part.

— Mais, voyons, Hildegarde, je n'y peux rien.

— Bien sûr que si ! Vous n'êtes qu'un entêté. Vous vous croyez obligé de ne pas faire comme les autres. Vous avez toujours été ainsi, vous ne changerez jamais. Mais réfléchissez un peu à ce qui arriverait si tous avaient ce genre de lubie : dans quel monde vivrions-nous ?

À cet argument, aussi inepte qu'irréfutable, Benjamin n'essaya pas de répondre. Dès lors, un abîme commença à se creuser entre eux. Il se demandait quelle espèce de fascination elle avait pu autrefois exercer sur lui.

Pour aggraver le décalage, il sentit, au moment où le siècle prenait son essor, se renforcer son propre appétit de divertissement. On ne donnait pas une soirée à Baltimore sans qu'il en fût, il dansait avec les plus jolies jeunes filles, il bavardait avec les débutantes les plus demandées, et savourait leur compagnie ; tandis que son épouse, sinistre douairière, siégeait au milieu des chaperons, tantôt lui témoignant sa désapprobation hautaine, tantôt le suivant d'un regard lourd de solennité, d'incompréhension et de reproche.

— Voyez un peu ! disait-on. Quel dommage ! Un homme éclatant de jeunesse enchaîné à une femme de quarante-cinq ans... Il doit bien avoir vingt ans de moins qu'elle.

Les gens avaient oublié — comme ils oublient inévitablement — qu'autrefois, en 1880, leurs pères et mères s'étaient eux aussi lamentés sur ce couple si mal assorti.

L'insatisfaction croissante que son foyer inspirait à Benjamin se trouvait compensée par la multiplication nouvelle de ses activités. Il se mit au golf, avec succès. Il s'adonnait à la danse : en 1906, il brilla dans le « boston », en 1908, on admirait sa virtuosité en matière de « maxixe » et, en 1909, son « castle walk » rendait jaloux tous les jeunes gens de la ville.

Ses occupations mondaines nuisaient évidemment quelque peu à ses affaires ; mais n'avait-il pas travaillé dur dans la quincaillerie en gros durant vingt-cinq ans ? Il pourrait bientôt, estimait-il, transmettre le flambeau à son fils Roscoe, lequel venait de terminer ses études à Harvard.

En fait, on les prenait souvent l'un pour l'autre, son fils et lui. Cela ravissait Benjamin ; il avait vite oublié la crainte insidieuse qui s'était emparée de lui à son retour de la guerre hispano-américaine, et il en était venu à s'enchanter naïvement de son apparence. Un seul point noir gâtait ce joli tableau : il détestait se montrer en public avec sa femme. Hildegarde approchait de la cinquantaine et il éprouvait à la voir une sensation d'absurdité…

IX

Un jour de septembre 1910, quelques années après que la Roger Button & Co, Quincaillerie en gros, fut passée sous la direction du jeune Roscoe Button, un garçon à qui l'on donnait peut-être une vingtaine d'années s'inscrivit à l'université Harvard, à Cambridge. Il ne commit pas l'erreur de préciser qu'il avait cinquante ans bien sonnés, ni que son fils avait obtenu son diplôme dix ans auparavant dans le même établissement.

Il y entra et atteignit presque aussitôt une place prééminente parmi ses condisciples, grâce en partie au fait qu'il paraissait un peu plus mûr que les autres, dont l'âge moyen était de dix-huit ans.

Mais son prestige fut surtout dû au match de football américain qu'il livra contre l'équipe de Yale : il joua avec un tel brio, un tel dynamisme et une rage si implacable qu'il marqua sept *touchdowns* et quatorze buts pour Harvard, et condamna l'effectif complet de l'équipe adverse à être emporté du terrain un par un, sans connaissance. Il fut l'étudiant le plus glorifié de l'université.

Chose étrange, en troisième année il parvint tout juste à « faire le poids » pour l'équipe de football. Les entraîneurs le trouvaient amaigri, et les plus observateurs avaient l'impression qu'il n'était plus aussi grand qu'avant. Il ne réussissait plus aucun *touchdown* ; à la vérité, on le gardait parmi les joueurs dans l'espoir que sa gigantesque réputation provoquerait chez ceux de Yale la terreur et la désorganisation.

En dernière année, il fut exclu de l'équipe. Il était devenu si menu, si frêle qu'un groupe d'étudiants le prit un jour pour un garçon de première année, incident qui l'humilia terriblement. Il commença à passer pour une sorte de prodige — il paraissait seize ans à peine alors qu'il terminait ses études supérieures —, et les libres propos des étudiants le choquaient souvent. Il peinait davantage sur ses cours, qui lui paraissaient trop avancés pour lui. Ayant entendu ses camarades parler de Saint-Midas, le célèbre collège où nombre d'entre eux avaient préparé l'université, il résolut de se rendre, après son diplôme, dans cet internat qui lui assurerait une vie plus facile au milieu de garçons de sa taille.

En 1914, diplôme de Harvard en poche, il rentra à Baltimore. Comme Hildegarde résidait désormais en Italie, Benjamin alla loger chez son fils Roscoe. Malgré le bon accueil qu'on lui fit, les sentiments de Roscoe à son égard manquaient visiblement de chaleur. Il avait même une tendance assez perceptible à trouver encombrant ce père qui traînait à travers la maison ses rêveries d'adolescent. Roscoe était maintenant marié, un homme en vue dans la meilleure société de Baltimore, et il ne voulait pas d'un scandale qui pourrait venir éclabousser sa famille.

Ayant perdu la faveur des débutantes et de la génération des étudiants, Benjamin se retrouvait très seul, hormis la compagnie de trois ou quatre garçons de quinze ans qui habitaient dans le voisinage. Son idée d'entrer à Saint-Midas lui revint.

— Écoute, lança-t-il un jour à Roscoe, je t'ai dit et répété que je voulais aller en pension.

— Eh bien alors, vas-y, répliqua Roscoe, laconique. (La question l'irritait et il souhaitait éviter une discussion.)

— Mais je ne peux pas y aller tout seul. C'est à toi de m'inscrire et de m'y emmener.

— Je n'ai pas le temps, trancha Roscoe, puis ses yeux se rétrécirent et il regarda son père avec gêne. Par ailleurs, reprit-il, tu ferais mieux de ne pas poursuivre cette fantaisie trop loin. Tu ferais mieux de t'en tenir là. Tu ferais mieux… tu ferais mieux… (Il s'interrompit pour chercher ses mots, le visage congestionné.) Tu ferais bien de tourner bride, de repartir dans l'autre sens. Les plaisanteries les plus courtes sont les meilleures. Celle-ci dépasse déjà les bornes. Maîtrise-toi !

Benjamin leva les yeux sur lui, au bord des larmes.

— Autre chose, continua Roscoe, quand nous avons des visiteurs à la maison j'aimerais que tu m'appelles « mon oncle » ; non pas « Roscoe », mais « mon oncle », entends-tu ? Cela fait un effet ridicule qu'un garçon de quinze ans m'appelle par mon prénom. Tu devrais peut-être m'appeler tout le temps « mon oncle », afin d'en prendre l'habitude.

Roscoe jeta un regard dur à son père et tourna les talons.

X

Après cette entrevue, Benjamin monta tristement dans sa chambre et se contempla dans la glace. Bien qu'il ne se fût pas rasé depuis trois mois, il ne décela sur son menton qu'un léger duvet blond qui ne nécessitait aucune intervention. Roscoe lui avait suggéré, à son retour de Harvard, de porter des lunettes et des favoris postiches collés à ses joues ; la farce des premières années menaçait de se répéter. Mais les favoris le grattaient et l'humiliaient. Comme il pleurait, Roscoe avait cédé à regret.

Benjamin ouvrit un recueil de récits d'aventures, *Les scouts de Bimini Bay*, et se plongea dans cette lecture. Cependant, ses pensées retournaient obstinément à la guerre. Le mois précédent, l'Amérique s'était rangée aux côtés des Alliés et il aurait voulu s'engager ; hélas, l'âge minimum était seize ans, or il ne les paraissait pas. En outre, son âge véritable de cinquante-sept ans l'aurait disqualifié.

On frappa à sa porte. Le valet de chambre lui présenta une lettre à en-tête officiel, adressée à Mr. Benjamin Button. D'un geste impatient, Benjamin déchira l'enveloppe et lut le contenu avec ravissement. De nombreux officiers de réserve, l'informait-on, qui avaient servi durant la guerre hispano-américaine, étaient rappelés sous les drapeaux et promus à un grade supérieur. À cette missive étaient joints son brevet de général de brigade dans l'armée des États-Unis, et l'ordre de se présenter sans délai.

Benjamin se leva d'un bond, frémissant d'enthousiasme. Voilà ce qu'il attendait. Il saisit sa casquette et pénétra dix-huit minutes plus tard dans la boutique d'un grand tailleur de Charles Street, où il requit, de sa voix qui muait, que l'on prît ses mesures pour un uniforme.

— On veut jouer au soldat, jeune homme ? demanda un vendeur désinvolte.

— Dites donc ! Ne vous occupez pas de ce que je veux en faire ! Je m'appelle Button et j'habite place du Mont-Vernon. Sachez par conséquent que je suis solvable.

— Ma foi, hésita le vendeur, sinon vous, votre papa le sera sûrement.

On prit les mesures de Benjamin, et son uniforme fut prêt huit jours plus tard. Il eut quelque difficulté à obtenir un authentique insigne de général, car le tailleur insistait pour y substituer « un joli écusson de l'Association Chrétienne des Anciens Combattants, tout aussi décoratif et bien plus amusant ».

Sans rien dire à Roscoe, il quitta la maison un

soir et prit le train pour le Camp Mosby, en Caroline du Sud, où il devait commander une brigade d'infanterie. Par une maussade journée d'avril, il débarqua à l'entrée du camp, paya le taxi qui l'avait amené de la gare, et se planta devant la sentinelle de service.

— Faites venir quelqu'un pour s'occuper de mes bagages, ordonna-t-il.

La sentinelle le toisa d'un air réprobateur.

— Hé là, petit, où tu vas avec cet accoutrement de général ?

Benjamin, vétéran de la guerre hispano-américaine, le foudroya du regard. Par malheur, il ne disposait que d'une voix de fausset.

— Garde-à-vous ! s'efforça-t-il de tonitruer.

Alors qu'il reprenait son souffle, il vit soudain la sentinelle claquer des talons et présenter les armes. Benjamin dissimula un sourire de satisfaction, sourire qui s'effaça quand il tourna la tête. Ce n'était pas lui qui avait provoqué ce geste, mais un imposant colonel d'artillerie s'approchant à cheval.

— Colonel ! cria Benjamin d'une voix aiguë.

Le colonel arrêta sa monture auprès de lui et abaissa des yeux où brillait une lueur amusée.

— De qui est-ce donc le petit garçon ? demanda-t-il gentiment.

— Je vais vous montrer un peu de qui je suis

le petit garçon ! répliqua férocement Benjamin. Descendez de cheval !

Le colonel rugit de rire.

— Tu voudrais me le prendre, hein, mon général ?

— Tenez, hurla Benjamin hors de lui, lisez ça !

Il brandit son brevet devant le colonel. Celui-ci le lut en haussant les sourcils.

— Où as-tu déniché ce papier ? s'enquit-il en glissant le document dans sa poche.

— Je le tiens du gouvernement, et vous allez vous en rendre compte !

— Accompagne-moi, dit le colonel avec un regard bizarre. Nous allons en parler au Q.G. Viens !

Le colonel dirigea sa monture vers le quartier général. Benjamin n'avait pas le choix : il le suivit en sauvegardant autant que possible sa dignité, et en se promettant une vengeance implacable.

Mais cette vengeance n'allait pas se concrétiser. Le surlendemain, ce fut son fils Roscoe qui se concrétisa sous ses yeux. Convoqué, accouru de Baltimore, suant, furieux, il remmena chez lui le général en pleurs et dépouillé de son uniforme.

XI

Le premier enfant de Roscoe naquit en 1920. Au cours des festivités qui suivirent, personne ne jugea bon de signaler que ce nouveau-né avait pour grand-père le petit garçon barbouillé qui paraissait dix ans et jouait dans la maison avec des soldats de plomb et un cirque miniature.

Nul n'éprouvait d'aversion envers l'enfant au visage d'une fraîcheur aimable, à peine effleurée d'une ombre de mélancolie, mais sa présence constituait pour Roscoe Button une source de tourments. Dans le jargon de sa génération, Roscoe jugeait que la situation n'était pas « productive ». Il lui semblait que son père, en refusant de paraître ses soixante ans, ne se comportait pas comme un homme sain et viril, expression chère à Roscoe, et agissait d'une façon singulièrement perverse. Méditer pendant une demi-heure sur la situation suffisait même à l'amener au bord de la crise de nerfs. Un homme « dynamique » se doit de rester jeune, estimait-il, mais pousser les choses à cette extrémité, c'était… c'était improductif. Roscoe s'en tenait là.

Cinq ans après, le fils de Roscoe avait grandi suffisamment pour jouer en compagnie du petit Benjamin sous la surveillance d'une nurse commune. Roscoe les mena tous les deux à l'école maternelle, et Benjamin trouva que s'amuser avec des bandes de papier de couleur, fabriquer des napperons, des chaînes, des motifs curieux et splendides était le jeu le plus fascinant du monde. Un jour, s'étant mal conduit, il fut mis au coin et pleura, mais dans l'ensemble il vivait des heures sereines dans la salle où le soleil entrait à flots par les fenêtres, où la main affectueuse de miss Bailey se posait de temps en temps sur ses cheveux embroussaillés.

Au bout de deux ans, le fils de Roscoe passa dans la classe au-dessus, mais Benjamin resta au jardin d'enfants. Il était très heureux. Parfois, lorsque les autres parlaient de ce qu'ils feraient quand ils seraient grands, un nuage assombrissait sa frimousse comme s'il avait senti, d'une manière enfantine et confuse, qu'il s'agissait là d'un avenir auquel il ne goûterait pas.

Les jours coulaient, charriant leur contenu monotone. Il retourna pour la troisième année au jardin d'enfants, mais il était devenu trop bébé pour voir à quoi servaient les bandes de papier brillant aux couleurs vives. Il pleurait parce qu'il avait peur des autres garçons, qui étaient plus grands que lui. Et quand la maîtresse lui parlait, il ne comprenait rien malgré tous ses efforts.

On le retira de l'école maternelle. Sa nurse,

Nana, avec sa robe de vichy amidonnée, occupait le centre de son univers minuscule. Si le temps le permettait, ils allaient se promener au parc ; Nana montrait du doigt un gros monstre gris en disant : « Éléphant », mot que Benjamin articulait après elle, et le soir, lorsqu'elle le déshabillait pour le coucher, il le lui répétait indéfiniment à haute voix : éléphant, éléphant, éléphant. Nana le laissait quelquefois sauter sur le lit, et c'était drôle, parce que si on s'asseyait juste comme il fallait, ça vous faisait rebondir tout debout, et si on disait « Ah » longtemps en sautant, on obtenait un effet de cri saccadé très plaisant.

Il aimait prendre une grosse canne dans le porte-parapluies et déambuler en donnant des coups dans les chaises ou les tables et en criant : pan, pan, pan. Quand il y avait des invités à la maison, les vieilles dames gloussaient en l'apercevant et lui roucoulaient dans l'oreille, ce qui l'intéressait, et les jeunes dames tenaient à l'embrasser, ce qu'il supportait avec une patience ennuyée. Et lorsque la longue journée s'achevait, à cinq heures du soir, il montait en compagnie de Nana, qui lui donnait à manger à la cuillère de la bouillie et autres nourritures délicieusement fondantes et mousseuses.

Nul souvenir désagréable ne troublait son sommeil enfantin ; rien ne surnageait des beaux jours de l'université, des années étincelantes où il avait fait palpiter la gorge des jeunes filles. Il ne restait que les parois blanches et rassurantes de son petit lit, et Nana, et un monsieur qui venait parfois le voir, et un gros ballon orange que Nana lui montrait juste avant de le coucher et qu'elle appelait « soleil ». Quand le soleil s'en allait, ses yeux se fermaient ; il n'avait pas de rêves, aucune image ne le hantait.

Le passé — le fol assaut de San Juan Hill à la tête de ses troupes ; les premières années de son mariage, lorsqu'il travaillait tard dans les crépuscules d'été, au cœur de la cité affairée, pour la jeune Hildegarde qu'il aimait ; plus loin encore, le temps où il passait la moitié de la nuit à fumer avec son grand-père dans la vieille demeure des Button, sur Monroe Street —, tout cela s'était évanoui comme des songes immatériels, comme si rien n'avait jamais eu de réalité. Il ne se rappelait pas. Il ne se rappelait pas clairement si le lait de son dernier biberon était chaud ou froid, ni comment s'écoulaient les jours. Il ne connaissait que son berceau et la présence de Nana. Puis il n'eut plus aucune mémoire. Quand il avait faim, il pleurait. Voilà tout. Le jour, la nuit, il respirait. Sur lui planaient de doux murmures qu'il entendait à peine, des odeurs faiblement différenciées, la lumière, l'ombre.

Enfin, tout fut obscurité, et son berceau blanc, les visages imprécis qui bougeaient au-dessus de lui, le goût tiède, sucré du lait s'effacèrent en entier de sa conscience.

LA LIE DU BONHEUR

I

Si vous cherchiez dans une collection de vieux périodiques ceux des premières années du siècle, vous y découvririez, entre les textes de Richard Harding Davis, de Frank Norris et d'autres défunts, les œuvres d'un certain Jeffrey Curtain : un roman ou deux et une cinquantaine de nouvelles. Pour peu que cela vous intéresse, vous pourriez les suivre à la trace jusqu'à 1908, date de leur disparition subite.

Quand vous auriez lu le tout, vous concluriez que ce n'étaient pas des chefs-d'œuvre, mais des récits assez amusants, un peu démodés maintenant, sûrement aptes à fournir une distraction agréable durant une morne demi-heure d'attente chez le dentiste. Leur auteur faisait preuve d'intelligence, de talent, d'aisance et, probablement, de jeunesse. Dans les échantillons de son travail que vous auriez trouvés, rien n'aurait éveillé en vous plus qu'une légère curiosité pour les caprices de l'existence ; pas de rires répercutés au plus profond de soi, ni de sentiment de la futilité des choses, ni d'écho d'une tragédie.

Après cette lecture, vous pourriez bâiller, remettre la dernière revue dans son classeur et décider éventuellement, étant dans une bibliothèque, de jeter un coup d'œil aux journaux de l'époque afin de voir si les Japs avaient pris Port-Arthur. Mais si vous tombiez par hasard sur le numéro adéquat et s'il s'ouvrait à la page des spectacles, vous seriez fasciné au point d'oublier pendant une bonne minute Port-Arthur, aussi vite que vous avez oublié Château-Thierry. Car le hasard vous aurait mis sous les yeux l'image d'une femme exquise.

Cette époque était celle de « Florodora » et des sextettes, des tailles étranglées et des manches gigot, des quasi-tournures et tout à fait tutus, mais là, indéniablement, même déguisée par la raideur de ses vêtements démodés, s'épanouissait la fleur des fleurs. Elle incarnait l'éclat de son temps ; la liqueur suave des regards, les chansons qui émouvaient les cœurs, les toasts portés et les bouquets offerts, les bals et les soupers. C'était une Vénus du cab, la Gibson Girl* dans toute sa somptueuse fraîcheur. C'était…

… c'était, sauriez-vous en lisant la légende, une certaine Roxane Milbank, qui avait été choriste et doublure dans *The Daisy Chain* mais venait d'obtenir, après avoir brillamment remplacé la vedette malade, un rôle de premier plan.

Vous regarderiez de plus près et vous vous étonneriez. Comment se fait-il que vous n'ayez jamais entendu parler d'elle ? Pourquoi son nom ne s'est-il pas perpétué dans les refrains à succès, les plaisanteries des fantaisistes, les bagues de cigares et les souvenirs de votre joyeux vieil oncle, avec ceux de Lillian Russell, Stella Mayhew, Anna Held ? Roxane Milbank… qu'a-t-elle pu devenir ? Quelle trappe a bien pu s'ouvrir sous ses pieds et l'engloutir ? En tout cas, elle ne figurait pas sur la liste d'actrices ayant épousé des aristocrates anglais, parue dans le dernier journal du dimanche. Il est certain qu'elle est morte, la pauvre belle, et bien oubliée de surcroît.

J'en demande trop. Je vous ai déjà amené à découvrir les écrits de Jeffrey Curtain et le portrait de Roxane Milbank. Il serait incroyable que

* *Gibson Girls* : créatures ultraféminines d'un dessinateur en vogue à la fin du XIXe siècle. *(N.d.T.)*

vous dénichiez un entrefilet paru six mois plus tard, simplement quelques lignes pour informer le public du mariage très discret de Miss Roxane Milbank, qui jouait en tournée *The Daisy Chain*, avec Mr. Jeffrey Curtain, l'écrivain connu. « Mrs. Curtain renonce à la scène », indiquait sans commentaire la notice.

Il s'agissait d'un mariage d'amour. L'écrivain était assez gâté pour posséder beaucoup de charme ; l'actrice gardait assez d'ingénuité pour être irrésistible. Comme deux troncs flottants poussés par les courants, il s'étaient rencontrés, attachés l'un à l'autre et poursuivaient leur route ensemble. Pourtant, eût-il continué quarante ans à écrire, Jeffrey Curtain n'aurait jamais imaginé dans une de ses œuvres un retournement plus abrupt que celui qui marqua sa propre vie. Eût-elle interprété trente-six personnages et rempli cinq mille salles de théâtre, Roxane Milbank n'aurait connu dans aucun rôle autant de bonheur ni de désespoir que le destin en réservait à Roxane Curtain.

Pendant un an, ils vécurent dans des hôtels de la Californie à l'Alaska, la Floride, le Mexique ; ils s'aimèrent et se querellèrent tendrement, savourèrent la brillante alliance de l'esprit de l'un avec la beauté de l'autre ; ils étaient jeunes et gravement passionnés ; ils exigeaient tout, puis renonçaient à tout, goûtant les délices de la générosité comme de l'orgueil. Elle adorait la vivacité de ses intonations et sa jalousie frénétique, immotivée ; il adorait son éclat ténébreux, l'iris pur de ses yeux, l'enthousiasme chaleureux, chatoyant de son sourire.

— Elle vous plaît ? interrogeait-il avec un mélange de fièvre et de timidité. N'est-elle pas merveilleuse ? Avez-vous jamais vu…

— Oui, c'est un miracle, lui répondait-on en souriant. Vous avez de la chance.

L'année s'écoula. Ils se lassèrent des hôtels. Ils achetèrent une vieille maison et vingt arpents près de Marlowe, bourgade située à une demi-heure de Chicago, se payèrent une petite automobile et emménagèrent bruyamment avec un fanatisme de pionniers, d'une force à impressionner Balboa.

— Ta chambre sera ici ! s'écriaient-ils à tour de rôle.

Puis :

— Et la mienne sera là !

— Et ici la nursery quand nous aurons des enfants.

— Et nous construirons une véranda pour y dormir… l'année prochaine.

Ils emménagèrent en avril. En juillet, le meilleur ami de Jeffrey, Harry Cromwell, vint passer une semaine chez eux ; ils l'accueillirent au bout de la longue pelouse et l'entraînèrent fièrement vers la maison.

Harry était marié lui aussi. Sa femme avait donné naissance à un bébé six mois plus tôt et se reposait chez sa mère, à New York. D'après les dires de Jeffrey, Roxane avait compris que la femme de Harry était moins captivante que lui : Jeffrey l'avait rencontrée une fois et trouvée « superficielle ». Mais ils étaient mariés depuis près de deux ans, elle ne devait donc pas être si mal, supposait-il…

— Je confectionne des gâteaux, annonça Roxane avec sérieux. Votre femme sait-elle les faire ? C'est la cuisinière qui m'explique. Je pense que toutes les femmes devraient savoir faire des gâteaux. L'idée est si désarmante : une femme qui sait faire des gâteaux, on ne la soupçonnera jamais de…

— Il faut que tu viennes habiter par ici, dit Jeffrey. Trouve quelque chose à la campagne, comme nous, pour toi et Kitty.

— Tu ne connais pas Kitty. Elle déteste la campagne. Elle a besoin de ses théâtres, de ses music-halls.

— Amène-la, insista Jeffrey. Nous fonderons une colonie. Il y a déjà des tas de gens charmants dans le coin. Amène-la !

Ils arrivaient au perron ; Roxane montra d'un geste vif un bâtiment délabré, sur la droite.

— Le garage, dit-elle. Ce sera aussi le bureau de Jeffrey d'ici à un mois. En attendant, le dîner est à sept heures. Et en attendant sept heures, je vais préparer un cocktail.

Les deux hommes montèrent au premier, ou plus exactement à l'entresol, car Jeffrey posa la valise de son hôte sur le palier intermédiaire, et mi-interrogation, mi-appel, il s'exclama :

— Au nom du ciel, Harry, est-ce qu'elle te plaît ?

— Montons, répliqua son ami, nous parlerons derrière une porte fermée.

Une demi-heure après, ils étaient assis dans la bibliothèque lorsque Roxane sortit de la cuisine ; elle portait avec précaution une plaque couverte de petits biscuits. Jeffrey et Harry se levèrent.

— Comme ils sont beaux, ma chérie, dit le mari d'un ton pénétré.

— Merveilleux, murmura Harry.

Roxane rayonnait.

— Goûtez-en un. Je ne pouvais pas me résoudre à y toucher avant de vous les faire voir tous, et je ne pourrais pas les remporter sans savoir quel goût ils ont.

— Le meilleur du monde, ma chérie.

Ensemble, les deux hommes portèrent les

biscuits à leurs lèvres et grignotèrent timidement. Ensemble, ils tentèrent de parler d'autre chose. Mais Roxane ne s'y trompa pas ; elle posa la plaque et prit un biscuit. Son commentaire lugubre tomba comme un couperet :

— Complètement ratés.

— Voyons...

— Enfin, je n'ai pas remarqué...

Le rire de Roxane explosa.

— Ah, je ne suis bonne à rien ! Mets-moi à la porte, Jeffrey : je suis un parasite, je ne vaux pas tripette...

Jeffrey l'entoura de son bras :

— Chérie, je mangerai tes biscuits.

— IIs sont beaux, quand même, insista Roxane.

— Ils sont... décoratifs, suggéra Harry.

Jeffrey saisit l'adjectif au vol :

— C'est le mot. Ils sont décoratifs. Ce sont des chefs-d'œuvre. On va les utiliser.

Il courut à la cuisine chercher un marteau et une poignée de clous.

— Tonnerre, on va les utiliser, Roxane ! On va en faire une frise.

— Non, gémit-elle. Notre jolie maison !

— Tant pis ! Nous changeons le papier peint de la bibliothèque en octobre. As-tu oublié ?

— Non, mais...

Pan ! le premier biscuit fut empalé au mur, contre lequel il trembla un instant comme un être vivant.

Pan !

Quand Roxane revint chargée d'une seconde tournée de cocktails, les biscuits s'alignaient à la verticale, telle une collection de pointes de lances primitives.

— Roxane, s'écria Jeffrey, tu es une artiste ! Cuisiner ? Ridicule ! C'est toi qui va illustrer mes livres.

Pendant le dîner, le crépuscule sombra dans la nuit et ils trouvèrent plus tard, dehors, une pénombre étoilée qu'imprégnaient la frêle splendeur de la robe blanche de Roxane et son rire grave, frémissant.

— Quelle petite fille, songeait Harry. Moins âgée que Kitty.

Il les compara : Kitty, nerveuse sans être sensible, capricieuse sans imagination, une flamme qui vacillait sans jamais brûler ; et Roxane, suave comme une nuit de printemps, tout entière résumée dans son rire d'adolescente. Elle convient bien à Jeffrey, pensa-t-il encore, deux êtres très juvéniles, de ceux qui le restent jusqu'au jour où la vieillesse leur tombe dessus d'un seul coup.

Harry insérait ces pensées dans sa préoccupation constante au sujet de Kitty. Kitty était pour lui un motif d'abattement. Elle allait assez bien maintenant, estimait-il, pour revenir à Chicago avec leur bébé. Il pensait vaguement à elle lorsqu'il dit bonsoir à la femme de son ami et à Jeffrey, au bas de l'escalier.

— Vous êtes le premier qu'on reçoit pour de bon à la maison, lui cria Roxane. N'êtes-vous pas ému et fier ?

Quand il eut disparu au tournant du palier, elle fit face à Jeffrey, debout à côté d'elle, la main sur le pommeau de la rampe :

— Tu es fatigué, mon amour ?

Jeffrey se frottait le front du bout des doigts.

— Un peu. Comment le sais-tu ?

— Comment ferais-je pour ignorer ce que tu éprouves ?

— J'ai affreusement mal à la tête, soupira-t-il. Je vais prendre de l'aspirine.

Elle tendit la main pour éteindre en bas, puis ils montèrent, enlacés.

II

La semaine de Harry s'écoulait. Ils se baladaient en automobile le long des chemins, rêveurs, ou se laissaient aller sur le lac et la pelouse à de joyeuses inepties. Le soir, Roxane jouait du piano pour les deux hommes pendant que la cendre blanchissait au bout rougeoyant de leurs cigares. Puis il arriva un télégramme de Kitty qui priait Harry de venir la chercher dans l'Est. Roxane et Jeffrey retrouvèrent une intimité dont ils ne semblaient jamais las.

Ils se délectèrent à nouveau d'être seuls. Ils déambulaient à travers la maison, sensibles chacun en son tréfonds à la présence de l'autre ; ils s'asseyaient à table côte à côte, comme des fiancés ; ils étaient tout absorbés, intensément heureux.

La bourgade de Marlowe, bien que relativement ancienne, ne comportait que depuis peu une élite parmi ses citoyens. Alarmés par la croissance enfumée de Chicago, deux ou trois jeunes couples amateurs de maisons campagnardes étaient venus quelques années auparavant s'y installer ; leurs amis avaient suivi. À l'arrivée des Jeffrey Curtain, ce cercle était prêt à les accueillir ; le Country-Club offrait ses salons pour danser et son terrain de golf ; on jouait au bridge, au poker, on s'invitait et on buvait beaucoup ou pas du tout.

C'est à une soirée de poker qu'ils se rendirent huit jours après le départ de Harry. Aux deux tables, une bonne proportion de jeunes épouses fumaient et enchérissaient d'une voix forte, audacieusement « garçonnes » pour l'époque.

Roxane avait très tôt délaissé la partie de poker pour se promener ; elle se hasarda à la cuisine où elle se trouva du jus de raisin — la bière lui donnait des migraines —, puis elle alla d'une table à l'autre, regardant les cartes par-dessus les épaules, attentive de loin à Jeffrey, agréablement non impliquée, détendue. Dans une profonde concentration, Jeffrey empilait les jetons de toutes couleurs et, au pli creusé entre ses yeux, Roxane savait qu'il s'intéressait au jeu. Elle aimait le voir s'intéresser à de petites choses.

S'approchant discrètement, elle s'assit sur le bras de son fauteuil.

Elle écouta cinq minutes les commentaires brefs, intermittents des hommes et le bavardage des femmes, qui montaient de la table comme une fumée légère, sans les entendre vraiment. Puis, innocemment, elle allongea le bras pour le poser sur l'épaule de Jeffrey ; lorsque sa main le toucha, il sursauta, poussa une exclamation et, d'un revers brusque, assena sur le coude de sa femme un coup violent.

Le saisissement fut général. Roxane reprit son équilibre, laissa échapper un petit cri et se leva vivement. C'était le choc le plus cruel qu'elle eût connu.

De la part de Jeffrey, si doux, si prévenant, un geste d'une brutalité si instinctive ?

Un silence tomba. Tous les regards convergeaient sur Jeffrey, qui levait les yeux vers Roxane comme s'il la voyait pour la première fois. L'effarement se peignit sur son visage.

— Mais, Roxane ?... balbutia-t-il.

Le soupçon à relent de scandale s'infiltrait dans l'esprit des témoins de la scène. Derrière le spectacle que donnait ce couple apparemment si amoureux, se cachait-il par hasard quelque étonnante hostilité ? Sans cela, pourquoi la foudre aurait-elle traversé un ciel tellement serein ?

— Jeffrey ! plaida la voix de Roxane, bouleversée, horrifiée, et pourtant convaincue qu'il s'agissait d'un malentendu.

Elle ne songeait pas à lui en vouloir. Cet appel était une supplication tremblante : « Explique-moi, Jeffrey, explique à Roxane, à ta Roxane... »

— Mais, Roxane... recommença Jeffrey. (Le regard égaré devint douloureux. Il était visiblement aussi surpris qu'elle.) Mon geste était involontaire. Tu m'as fait peur. Tu... j'ai eu l'impression qu'on m'attaquait. Je... comment... oh ! c'est idiot.

— Jeffrey !

Elle renouvelait sa prière, encens offert à un

dieu vénéré à travers ces ténèbres nouvelles, insondables.

Debout à présent l'un et l'autre, ils bredouillèrent des excuses, des allégations, des adieux. Ils n'essayèrent pas d'escamoter l'incident. Un sacrilège avait été commis. Jeffrey ne se sentait pas bien ces temps derniers, dirent-ils. Il devenait nerveux. Tous deux gardaient en tête l'horreur inexpliquée de ce coup, de cet acte stupéfiant ; quelque chose s'était dressé entre eux pendant un instant : sa violence à lui, sa frayeur à elle ; il en restait pour chacun une blessure, certes momentanée, mais qu'il fallait refermer tout de suite, quand il était encore temps. Y avait-il un torrent qui coulait sous leurs pieds, la lueur redoutable d'un abîme ignoré ?

Leurs yeux s'emplirent de larmes et ils murmurèrent leur amour au cœur de la nuit infinie, tandis que s'enfuyaient les rues de Marlowe. Plus tard, quand ils se couchèrent, ils étaient apaisés. Jeffrey allait prendre une semaine de plein repos ; il flânerait, dormirait, ferait de longues promenades, jusqu'à ce que sa nervosité disparaisse. Cette décision rendit à Roxane un sentiment de sécurité. Sous sa tête, les oreillers furent doux et accueillants ; le lit où ils étaient étendus lui parut large et blanc, solide dans la clarté qui pénétrait à flots par la fenêtre.

Cinq jours après, au moment où l'air fraîchissant annonçait le début de soirée, Jeffrey saisit une chaise en chêne et la projeta à toute volée à travers la fenêtre. Puis il s'allongea sur le divan comme un enfant ; il pleurait lamentablement et voulait mourir. Un caillot de sang gros comme une bille s'était formé dans son cerveau.

III

Après une ou deux nuits d'insomnie, on se trouve parfois en proie à une sorte de cauchemar éveillé, à la sensation, accompagnant la grande fatigue et le soleil levant, que la qualité de la vie ambiante n'est plus la même. On a la conviction formelle que son existence n'est en quelque sorte qu'une déviation, un film, un miroir par rapport à la vie, que les gens, les rues, les maisons sont de simples projections d'un passé très obscur et chaotique. Ce fut l'état que connut Roxane durant les premiers mois de la maladie de Jeffrey. Elle ne dormait qu'au comble de l'épuisement ; elle s'éveillait dans un nuage. Les longues consultations à voix mesurée, les vagues relents de médicaments qui envahissaient les couloirs, les pas feutrés dans une maison où avait résonné l'écho de cavalcades insouciantes et, pis que tout, le visage livide de Jeffrey au milieu des oreillers sur le lit qu'ils avaient partagé, tout cela la minait, lui infligeait un vieillissement indélébile. Les médecins laissaient espérer, rien de plus. Un long repos, préconisaient-ils, et du calme. Les responsabilités échurent donc à Roxane. À elle de régler les factures, de contrôler le compte bancaire, de correspondre avec les éditeurs. Et elle était sans arrêt dans la cuisine. L'infirmière lui apprit à préparer les repas du malade. Après le premier mois, elle assuma elle-même tous les soins. Il lui fallait par économie se séparer de l'infirmière. Et aussi renvoyer l'une des deux domestiques noires. Roxane découvrit qu'ils avaient vécu au jour le jour, de la vente des nouvelles écrites au fur et à mesure.

Les visites les plus fréquentes étaient celles de Harry Cromwell. Ce drame l'avait bouleversé et, bien que sa femme habitât maintenant avec lui à Chicago, il s'arrangeait pour venir plusieurs fois par mois. Roxane lui savait gré de sa sympathie ; il y avait chez cet homme une qualité d'émotion, une compassion inhérente qui la réconfortait quand il était là. Le caractère de Roxane était soudain devenu plus profond. Elle éprouvait parfois le sentiment de perdre en même temps que Jeffrey ses enfants, les enfants dont elle avait désormais besoin par-dessus tout et qu'elle aurait dû mettre au monde.

Six mois s'étaient écoulés depuis le déclenchement de la maladie de Jeffrey, et le cauchemar résorbé laissait émerger un univers non pas semblable à l'ancien, mais plus terne, plus froid, lorsqu'elle alla voir la femme de Harry. Se trouvant à Chicago et disposant d'une heure de battement avant son train, elle décida de lui rendre une visite de courtoisie.

À peine franchi le seuil de l'appartement, elle eut une impression de déjà-vu ; elle se rappela presque instantanément une boulangerie de son enfance où s'accumulaient, rangées par rangées, des gâteaux au glaçage rose, un rose congestionné, rose de nourriture, rose triomphant, vulgaire, odieux.

Et cet appartement y ressemblait. Il était rose. Il respirait le rose.

Mrs. Cromwell avait ouvert la porte, drapée dans un kimono rose et noir. Ses cheveux étaient blonds, éclaircis, supposa Roxane, par une dose hebdomadaire d'eau oxygénée au rinçage. Elle avait les yeux d'un bleu très pâle ; elle était jolie et trop consciemment gracieuse. Sa cordialité était stridente, envahissante ; son hostilité s'était fondue si prestement en hospitalité que l'ensemble faisait l'effet de résider seulement dans les traits et la voix, sans atteindre le noyau d'égoïsme ni en dépendre.

Mais, pour Roxane, tout cela restait à l'arrière-plan ; saisis d'une étrange fascination, ses yeux se rivaient sur le kimono. Il était d'une malpropreté ignoble. Du bas de l'ourlet jusqu'à dix centimètres au-dessus, il était complètement imprégné de la poussière bleuâtre du sol ; plus haut, sur six ou sept centimètres, il était gris ; puis la couleur d'origine reparaissait peu à peu. Les manches aussi étaient sales, comme le col ; et lorsque la jeune femme lui tourna le dos pour la guider dans le couloir, Roxane eut la certitude de voir un cou crasseux.

Un bavardage unilatéral s'instaura en guise de conversation. Mrs. Cromwell s'épanchait sur ses goûts, ses dégoûts, son estomac, ses dents, son appartement ; elle évitait avec un soin quasi insolent toute ouverture à l'existence de Roxane, comme si elle présumait que celle-ci, ayant eu à souffrir, souhaitait se détourner de la vie…

Roxane souriait. Ce kimono ! Ce cou !

Quelques minutes plus tard, un petit garçon entra en trébuchant dans le salon, un petit garçon sale, vêtu d'une barboteuse rose et sale. Son visage était barbouillé ; Roxane avait envie de le prendre sur ses genoux et de lui essuyer le nez ; dans la région du crâne, d'autres points auraient requis son attention ; les souliers minuscules bâillaient au bout. C'était lamentable.

— Quel mignon bambin ! s'exclama Roxane avec un sourire radieux. Viens près de moi.

Mrs. Cromwell considéra froidement son fils.

— On dirait qu'il fait exprès de se salir. Regardez-moi cette figure !

La tête penchée de côté, elle l'examinait d'un œil critique.

— Comme il est mignon, répéta Roxane.

— Regardez-moi sa barboteuse, déplora Mrs. Cromwell.

— Il lui en faut une propre, n'est-ce pas, George ?

Perplexe, George la dévisagea. Dans son esprit, le mot barboteuse désignait un vêtement forcément aussi sale que la sienne.

— J'ai essayé ce matin de lui donner une allure respectable, gémit Mrs. Cromwell en femme dont la patience est mise à rude épreuve, et je me suis aperçue qu'il n'avait plus de barboteuse en réserve ; alors, plutôt que de ne pas lui en mettre du tout, je lui ai remis celle-ci… et sa figure…

— Combien en a-t-il de rechange ? demanda Roxane, la voix empreinte d'une aimable curiosité comme pour demander : « Combien avez-vous donc d'éventails en plumes ? »

— Oh !... fit Mrs. Cromwell, plissant son joli front. Cinq, je crois. Beaucoup, en tout cas.

— J'en ai vu à cinquante *cents* dans un magasin.

Les yeux de Mrs. Cromwell exprimèrent de la surprise et une trace de condescendance. Le prix d'une barboteuse !

— Ah oui ? Je ne me le serais pas imaginé. Il doit en avoir bien suffisamment, mais je n'ai pas trouvé une minute de toute la semaine pour envoyer le linge à la blanchisserie. Il faut que je vous fasse voir des choses... enchaîna-t-elle, abandonnant un sujet de conversation sans intérêt.

Elles se levèrent ; Roxane suivit son hôtesse, passa devant la porte béante d'une salle de bains dont le sol jonché de vêtements confirmait que l'on ne s'était pas occupé du blanchissage depuis quelque temps, et pénétra dans une pièce qui était, en quelque sorte, la quintessence du rose : la chambre de Mrs. Cromwell.

Celle-ci ouvrit une penderie et exposa au regard de Roxane une collection stupéfiante de lingerie. Il y avait là des douzaines de diaphanes merveilles en dentelle et en soie, immaculées, sans un pli, apparemment jamais portées. À côté, trois robes du soir neuves pendaient sur des cintres.

— J'ai de belles choses, dit Mrs. Cromwell, mais pas des masses d'occasions de les mettre. Harry n'est pas chaud pour les sorties. (Le dépit perça dans sa voix.) Ça lui suffit de me laisser faire la nurse et la bonne toute la journée, et la femme aimante le soir.

Roxane sourit une fois de plus.

— Vous avez là des robes ravissantes.

— Oui, attendez, je vais vous montrer…

— Ravissantes, répéta Roxane, mais il est temps que je me sauve si je ne veux pas rater mon train.

Elle sentait ses mains trembler. Elle aurait voulu les poser sur cette femme pour la secouer, la secouer. Elle aurait voulu la voir enfermée quelque part, condamnée à gratter les planchers.

— Ravissantes, répéta-t-elle encore, et moi je n'étais entrée que pour cinq minutes.

— Bon… dommage que Harry n'ait pas été là.

Elles se dirigèrent vers la porte.

— Au fait, dit Roxane non sans effort, mais d'une voix toujours aussi douce et en souriant, je crois que c'est chez *Argile* qu'on trouve ces barboteuses. Au revoir.

Quand elle fut à la gare et acheta son billet à destination de Marlowe, Roxane se rendit compte que, pour la première fois depuis des mois, elle avait cessé un moment de penser à Jeffrey.

IV

Une semaine après, Harry se rendit inopinément à Marlowe, arriva à cinq heures, monta l'allée et s'écroula, épuisé, dans un fauteuil de la véranda. De son côté, Roxane avait eu une lourde journée et se sentait vidée. Les médecins venaient à cinq heures et demie ; ils amenaient un célèbre spécialiste new-yorkais. Elle était agitée et très déprimée, mais le regard de Harry la fit s'asseoir près de lui.

— Qu'y a-t-il ?

— Rien, Roxane, nia-t-il. Je voulais prendre des nouvelles de Jeff. Ne te tourmente pas pour moi.

— Harry, insista Roxane, il y a quelque chose qui cloche ?

— Non, rien, répéta-t-il. Comment va Jeff?

Un voile d'anxiété assombrit le visage de la jeune femme.

— Un peu plus mal, Harry. Le Dr Jewett sera là d'une minute à l'autre, venu de New York. Il pourra, lui, pense-t-on, me donner un avis assuré. Il va tenter de diagnostiquer si cette paralysie est liée au caillot de sang du début.

Harry se leva.

— Excuse-moi, articula-t-il. J'ignorais que tu attendais une consultation. Je n'aurais pas débarqué. Je pensais simplement passer une heure assis sur votre véranda...

— Assieds-toi, ordonna-t-elle.

Harry hésita.

— Assieds-toi, mon cher Harry. (Elle exhalait maintenant la bonté, l'en enveloppait.) Je sais qu'il y a quelque chose. Tu es blanc comme un linge. Je vais aller te chercher une bière fraîche.

Tout d'un coup, il s'effondra dans son fauteuil, le visage enfoui au creux de ses mains.

— Je ne peux pas la rendre heureuse, dit-il lentement. J'ai fait tout ce que je pouvais. Ce matin, on s'est chamaillés au sujet du petit déjeuner — je le prends en ville depuis quelque temps — et elle, eh bien, dès que j'ai été parti au bureau, elle a décampé, filé dans l'Est chez sa mère, avec George et une valise pleine de lingerie en dentelle.

— Harry !

— Et je ne sais pas...

Le gravier crissa, une automobile s'engageait dans l'allée. Roxane poussa une exclamation.

— Voilà le Dr Jewett.

— Oh ! je...

— Tu attends, c'est promis ? interrompit-elle distraitement.

Il vit que son propre malheur était déjà effacé en surface par les angoisses de Roxane.

Il y eut un instant embarrassant, des présentations vagues et écourtées, puis Harry suivit les autres à l'intérieur et les regarda disparaître dans l'escalier. Il entra dans la bibliothèque où il s'assit sur le gros sofa.

Pendant une demi-heure, il regarda les rayons du soleil monter lentement le long des plis fleuris des rideaux de chintz. Dans le silence profond, le bourdonnement d'une guêpe prise au piège, cognant contre la vitre, prenait des proportions de mugissement. De temps en temps, un autre bourdonnement arrivait de l'escalier, tel celui de plusieurs guêpes plus grosses enfermées derrière de plus grandes vitres. Il entendait des pas feutrés, des tintements de flacons, de l'eau qui coulait.

Quelles fautes avaient-ils commises, Roxane et lui, pour que la vie leur inflige des coups si écrasants ? Là-haut, on était en train de disséquer vivant le cerveau de son ami ; et lui restait assis dans une pièce silencieuse, à écouter la plainte d'une guêpe, comme il l'avait fait petit garçon lorsqu'une tante sévère l'obligeait, en guise d'expiation, à rester des heures immobile sur une chaise. Mais qui l'avait placé dans cette situation ? Quelle tante féroce s'était penchée hors de son paradis pour le condamner à expier… quoi ?

Au sujet de Kitty, il perdait tout espoir. Elle coûtait trop cher, là était la difficulté irrémédiable. Il fut soudain pris de haine envers elle. Il aurait voulu la jeter par terre, lui donner des coups de pied, lui dire qu'elle n'était qu'une tricheuse, une sangsue, qu'elle était sale. Et surtout qu'elle devait lui rendre son fils.

Il se leva et se mit à arpenter la pièce. Il entendit au même moment quelqu'un qui marchait dans le couloir du premier étage, d'un pas exactement accordé au sien. Il se demanda si leurs pas tomberaient en mesure jusqu'à ce que l'autre ait atteint le bout du couloir.

Kitty était retournée chez sa mère. Dieu lui pardonne, quelle mère auprès de qui retourner ! Il essaya d'imaginer les retrouvailles : l'épouse maltraitée s'affalant dans le giron de sa mère. Il n'y parvint pas. Que Kitty fût susceptible d'une affliction profonde semblait exclu. Il en était venu graduellement à la considérer comme un être inabordable et endurci. Elle obtiendrait à coup sûr le divorce et finirait par se remarier. Il médita cette idée. Qui épouserait-elle ? Il eut un rire amer, qui s'étrangla aussitôt. Une image lui apparaissait, celle des bras de Kitty enlaçant un homme dont il ne voyait pas le visage, des lèvres de Kitty pressées contre d'autres lèvres, passionnément, sans doute.

— Dieu ! s'écria-t-il à haute voix. Dieu ! Dieu ! Dieu !

Puis les images défilèrent, rapides et nombreuses. La Kitty du matin même s'effaça ; le kimono crasseux s'envola ; les bouderies, les rages, les larmes disparurent. Elle était redevenue Kitty Carr, Kitty Carr aux cheveux blonds, aux grands yeux enfantins. Oui, elle l'avait aimé... elle l'avait aimé.

Au bout d'un certain temps, il ressentit confusément en lui un manque qui n'avait rien à voir avec Kitty ni Jeff, un manque d'un ordre tout différent. L'évidence éclata soudain. Il avait faim. C'était simple. Il irait dans un moment à la cuisine demander un sandwich à la bonne. Ensuite, il lui faudrait retourner en ville.

Il s'immobilisa devant le mur, y cueillit un objet rond qu'il tripota distraitement, porta à sa bouche et lécha comme un bébé lèche un hochet brillant. Ses dents se refermèrent... ah !

Elle avait laissé ce maudit kimono, ce kimono rose sale. Elle aurait pu avoir la décence de l'emporter, se dit-il. La défroque allait pendre dans l'appartement, tel le cadavre de leur union boiteuse. Il tenterait de s'en débarrasser, mais ne trouverait jamais le courage d'y toucher. Ce serait comme Kitty, mou, malléable, en fait immuable. On ne pouvait toucher Kitty ; on ne l'atteignait pas. Il n'y avait rien à atteindre. Il le comprenait parfaitement ; il l'avait toujours compris.

Il tendit la main vers un autre biscuit qu'il arracha du mur, non sans peine, avec le clou. Il enleva soigneusement celui-ci, en se demandant s'il avait avalé l'autre avec le premier biscuit. Absurde ! Il s'en serait aperçu ; c'était un gros clou. Il se palpa l'estomac. Il devait avoir très faim. Il réfléchit, se souvint : la veille, il n'avait pas dîné. C'était le jour de sortie de la bonne et Kitty était restée étendue dans sa chambre, à manger des chocolats. Elle souffrait de « vapeurs », avait-elle affirmé, et ne pouvait pas supporter sa présence. Il avait donné un bain à George et l'avait couché ; puis il s'était allongé sur le divan, comptant se reposer une minute avant de s'occuper de son dîner. Il s'était endormi et réveillé vers onze heures du soir pour découvrir que le réfrigérateur contenait en tout et pour tout une cuillerée de salade de pommes de terre. Il l'avait engloutie ainsi que quelques chocolats trouvés sur la commode de Kitty. Ce matin, il avait pris en ville un petit déjeuner rapide avant de monter à son bureau. Mais à midi, tracassé par Kitty, il avait décidé de rentrer chez lui et de l'emmener déjeuner au restaurant. C'est alors qu'il avait trouvé le mot déposé sur son oreiller. L'accumulation de lingerie avait disparu de l'armoire, et Kitty avait laissé des instructions pour que sa malle lui soit envoyée.

Jamais il n'avait eu aussi faim, songea-t-il.

À sept heures, lorsque l'infirmière descendit l'escalier sur la pointe des pieds, il était assis sur le sofa et regardait le tapis d'un œil fixe.

— Mr. Cromwell ?

— Oui ?

— Mrs. Curtain ne pourra pas dîner avec vous. Elle ne se sent pas bien. Elle m'a priée de vous dire que la bonne va vous servir quelque chose et que vous avez une chambre à votre disposition.

— Elle est souffrante, dites-vous ?

— Elle s'est allongée dans sa chambre. La consultation vient de prendre fin.

— Ont-ils… ont-ils conclu quoi que ce soit ?

— Oui, murmura l'infirmière. Selon le Dr Jewett, il n'y a plus d'espoir. Mr. Curtain peut vivre très longtemps, mais il ne recouvrera jamais la vue, ni la motricité, ni l'usage de la pensée. Il ne fera que respirer.

— Que respirer ?

— Oui.

L'infirmière remarqua à cet instant qu'auprès du petit bureau, là où elle se souvenait d'avoir vu une rangée d'une douzaine d'objets menus et ronds, vaguement identifiés comme une décoration de style exotique, il n'y en avait plus qu'un. À la place des autres, on distinguait maintenant une série de trous.

Hébété, Harry suivit son regard, puis il se leva.

— Je ne vais pas rester, je pense. Je crois que j'ai un train.

Elle hocha la tête. Harry prit son chapeau.

— Au revoir, dit aimablement l'infirmière.

— Au revoir, répondit-il, presque pour lui-même.

Visiblement mû par quelque impératif indépendant de sa volonté, il s'arrêta au passage et l'infirmière le vit détacher du mur le dernier objet rond qu'il glissa dans sa poche.

Après quoi, il poussa la porte vitrée, descendit les marches de la véranda et disparut.

V

Au bout d'un certain temps, la peinture blanche qui revêtait la maison de Jeffrey Curtain passa un compromis avec les soleils de multiples juillets et prouva sa bonne foi en virant au gris. Elle commença à peler ; de grandes écailles de peinture desséchée se repliaient en arrière comme un vieil homme se livrant à une gymnastique grotesque, et chutaient enfin pour se décomposer dans les hautes herbes. Des traînées sillonnaient les piliers de la façade ; la boule blanche s'arracha de la rampe de gauche du perron ; les stores verts s'assombrirent et perdirent peu à peu tout semblant de couleur.

La maison devenait de celles qu'évitent les promeneurs pusillanimes ; une Église acheta le terrain d'en face afin d'y mettre un cimetière, et cela, s'ajoutant à « l'endroit où Mrs. Curtain demeure toute seule avec ce cadavre vivant », suffit à jeter une aura funeste sur cette partie de la commune. Non que Roxane fût abandonnée à sa solitude. Des hommes et des femmes venaient la voir, la rencontraient en ville où elle allait faire ses courses, la reconduisaient en voiture, entraient un moment pour causer et se reposer sous le charme qu'irradiait encore son sourire. Mais ceux qui ne la connaissaient pas ne la suivaient plus d'un regard admiratif dans la rue ; un voile léger était tombé sur sa beauté, en avait détruit l'éclat sans apporter de rides ni d'empâtement.

Elle acquit une légende dans la bourgade ; de

petites histoires couraient à son propos : comment, un hiver où le gel sur la campagne interdisait aux charrettes comme aux automobiles de se déplacer, elle avait appris toute seule à patiner pour pouvoir aller rapidement à l'épicerie et à la pharmacie sans laisser Jeffrey seul trop longtemps. Chaque nuit depuis qu'il était paralysé, racontait-on, elle dormait dans un petit lit à côté du sien et lui tenait la main.

On parlait de Jeffrey Curtain comme s'il eût été déjà mort. À mesure que les années passaient, ceux qui l'avaient connu mouraient ou s'en allaient ; il ne restait plus qu'une dizaine de la bande d'amis qui buvaient des cocktails ensemble, appelaient par leur prénom les femmes des autres et considéraient Jeffrey comme le garçon le plus spirituel et le plus doué qui ait jamais vécu à Marlowe. Désormais, pour le visiteur éventuel, il n'était plus qu'un motif poussant Mrs. Curtain à s'éclipser au premier étage. Il était un gémissement, ou un cri aigu déchirant l'air lourd d'un dimanche après-midi dans le salon silencieux.

Il ne pouvait pas bouger ; il était totalement aveugle, muet, inconscient. Il gisait dans son lit toute la journée, à l'exception d'un moment sur son fauteuil roulant, le matin, le temps qu'elle nettoie la chambre. La paralysie gagnait lentement du terrain vers le cœur. Au début, pendant la première année, Roxane recevait parfois une infime pression en retour quand elle lui tenait la main ; puis cela avait disparu, cessé un soir pour ne plus revenir, et elle avait passé deux nuits les yeux grands ouverts dans l'obscurité à se demander ce qui s'était arrêté, quelle fraction de son âme s'était envolée, quelle dernière trace de perception ces nerfs détruits transportaient encore au cerveau.

Ensuite, elle n'espéra plus rien. Sans les soins permanents qu'elle prodiguait, la dernière étincelle se serait éteinte bien plus tôt. Tous les matins, elle le rasait, le baignait, le transportait du lit au fauteuil, du fauteuil au lit. Elle était constamment dans sa chambre, apportait les médicaments, apportait un oreiller, lui parlait presque comme on parle à un chien humanisé, sans espoir de réponse ni d'appréciation, mais avec l'obscure conviction de l'habitude, une prière après la perte de la foi.

Nombre de ses visiteurs, dont un éminent spécialiste du système nerveux, lui démontraient la futilité de tels soins ; si Jeffrey avait été conscient, il aurait souhaité mourir ; si son âme planait dans l'espace immatériel, elle n'approuvait pas le sacrifice de sa femme, elle ne pouvait que désirer impatiemment être libérée de la prison de son corps.

— Mais, comprenez-vous, répondait Roxane en secouant doucement la tête, lorsque j'ai épousé Jeffrey, cela devait durer... jusqu'à ce que je ne l'aime plus.

— Voyons, vous ne pouvez pas aimer ce qu'il en reste, protestait-on en d'autres termes.

— Je peux aimer ce qu'il a été. Qu'ai-je d'autre à faire ?

Le spécialiste avait haussé les épaules, et il était parti ; Mrs. Curtain, disait-il, est une femme remarquable, un ange, mais quel dommage... Il existe sûrement un homme, ou douze, qui donneraient tout pour la choyer !

D'ailleurs, oui, ils existaient. Çà et là, l'un ou l'autre se lançait avec espoir et aboutissait à la vénération. Il n'y avait pas d'amour disponible chez cette femme, sinon, chose étrange, pour la vie, pour les êtres vivants, depuis le vagabond à qui elle offrait à manger sans guère pouvoir se le permettre, jusqu'au boucher qui lui découpait sur l'étal copieux un morceau de bifteck bon marché. L'époque antérieure était scellée dans cette momie sans expression, gisant, le visage toujours tourné vers la lumière, avec l'automatisme d'une aiguille de boussole, et attendant passivement que la dernière vague déferlât sur son cœur.

Après avoir végété onze ans, Jeffrey mourut au milieu d'une nuit de mai, où l'odeur du seringa affluait au rebord de la fenêtre, où la brise tressait les notes flûtées des crapauds et le crissement des grillons. Roxane s'éveilla à deux heures et tressaillit en s'apercevant qu'elle était enfin seule dans la maison.

VI

Ensuite, elle passa de nombreux après-midi assise sur la véranda décrépite. Elle contemplait les champs qui ondulaient en pente douce jusqu'à la bourgade blanc et vert. Elle avait trente-six ans ; elle était belle, forte et libre. Les années ayant englouti les indemnités d'assurance de Jeffrey, elle s'était résignée à vendre des arpents sur la droite et sur la gauche, et même à contracter une petite hypothèque sur la maison.

La mort de son mari entraîna une frustration physique. Les soins qu'elle lui donnait le matin, ses courses rapides en ville, ses rencontres brèves et donc plus expansives avec les voisins chez les commerçants, la préparation délicate des aliments liquides pour Jeffrey, tout cela lui manquait. Un jour, dévorée d'énergie, elle alla bêcher le jardin entier, chose qui n'avait pas été faite depuis des années.

Et elle était seule la nuit dans la chambre qui avait vu la splendeur de son couple, puis la douleur. Pour revoir Jeff, elle revivait mentalement leur année merveilleuse, leur union intense, passionnée, absorbante, plutôt que d'attendre des retrouvailles incertaines dans l'au-delà. Souvent, elle se réveillait et désirait avec ardeur cette présence à son côté, certes inanimée et quand même un souffle, encore celui de Jeff.

Un après-midi, six mois après sa mort, elle se trouvait donc sur la véranda, vêtue d'une robe noire qui effaçait le moindre début d'un épaississement de sa silhouette. C'était l'été de la Saint-Martin ; tout était or bruni autour d'elle ; les feuilles soupiraient dans le silence ; à l'ouest, le soleil de quatre heures jetait des coulées rouge et jaune sur un ciel embrasé. La plupart des oiseaux avaient disparu ; mais un moineau qui nichait sur la corniche d'un pilier lançait par intermittence un pépiement entrecoupé de sorties voletantes. Roxane disposa son fauteuil de façon à pouvoir l'observer et laissa ses pensées dériver au fil de l'après-midi.

Harry Cromwell venait de Chicago pour le dîner. À partir de son divorce huit ans auparavant, il avait été un visiteur assidu. Une tradition s'était établie entre eux : dès son arrivée, ils montaient voir Jeff; Harry s'asseyait sur le bord du lit et demandait d'une voix chaleureuse :

— Alors, mon vieux Jeff, comment te sens-tu aujourd'hui ?

Debout près de lui, Roxane scrutait le visage de Jeffrey, s'imaginait que l'ombre d'un souvenir de son ami avait effleuré cette intelligence détruite ; mais la tête blafarde et creusée accomplissait son unique et lent mouvement vers la lumière, comme si quelque chose, derrière les yeux aveugles, cherchait à tâtons une autre lumière depuis longtemps éteinte.

Ces visites se répétèrent pendant huit ans ; à Pâques, à Noël, à Thanksgiving et souvent le dimanche, Harry faisait son apparition, montait voir Jeff puis parlait longuement avec Roxane sur la véranda. Il la chérissait. Il ne cherchait pas à cacher ni à pousser plus loin cet état de fait. Elle était sa meilleure amie, comme le corps gisant sur le lit avait été son meilleur ami. Elle était la paix, le repos ; elle était le passé. Sa propre tragédie, elle seule la connaissait.

Il avait assisté à l'enterrement mais, depuis, la société pour laquelle il travaillait l'avait expédié dans l'Est, et c'était un voyage d'affaires qui le ramenait à Chicago. Roxane lui avait écrit de venir quand il le pourrait : après une nuit en ville, il avait sauté dans un train.

Ils se serrèrent la main, puis il l'aida à rapprocher deux fauteuils à bascule.

— Comment va George ?

— Pas mal du tout, Roxane. Il a l'air d'aimer la pension.

— L'y envoyer, c'était la meilleure chose à faire, bien sûr.

— Bien sûr…

— Il te manque terriblement, Harry ?

— Oui, il me manque. C'est un drôle de garçon…

Ils parlèrent longuement de George. Roxane s'intéressa à lui. Elle demanda à Harry de l'amener lors des prochaines vacances. Elle ne l'avait vu qu'une fois, un bambin à la barboteuse sale.

Elle le laissa en compagnie d'un journal pour aller préparer le dîner ; elle avait ce soir quatre côtelettes et des légumes tardifs de son potager. Quand tout fut sur le feu, elle retourna s'asseoir avec lui et ils reprirent leur conversation au sujet de George.

— Si j'avais un enfant… disait-elle.

Un peu plus tard, après que Harry lui eut donné quelques menus conseils en matière de placements, ils firent le tour du jardin, s'arrêtant çà et là pour reconnaître ce qui avait été jadis un banc de ciment ou l'emplacement du court de tennis.

— Te souviens-tu…

Ils s'abandonnèrent au flot des réminiscences : le jour où ils avaient pris toutes ces photos, dont celle de Jeff à califourchon sur le veau ; le croquis que Harry avait fait de Jeff et Roxane vautrés dans l'herbe, leurs têtes se frôlant. Il y avait eu un projet de pergola reliant à la maison le garage-bureau, afin d'abriter Jeff les jours de pluie ; on avait ébauché le support, mais il n'en restait rien qu'un morceau triangulaire qui adhérait encore au mur et ressemblait à un vieux perchoir.

— Et les bourbon-menthe !

— Et le calepin de Jeff ! Tu te rappelles nos rires, Harry, quand on le lui chipait dans sa poche et qu'on lisait une page de ses notations ? Et quelle rage s'emparait de lui !

— Il devenait fou ! Pour ce qui était d'écrire, il était comme un gosse.

Tous deux se turent un moment, puis Harry reprit :

— Nous devions venir habiter là, nous aussi, tu t'en souviens ? Nous allions acheter les vingt arpents d'à côté. Et ces fêtes qu'on comptait organiser !

Il y eut une nouvelle pause, rompue cette fois par une question de Roxane :

— As-tu parfois des nouvelles de Kitty, Harry ?

— Mais oui, dit-il paisiblement. Elle est à Seattle. Elle s'est remariée avec un certain Horton, une espèce de roi du bois. Il est beaucoup plus âgé qu'elle, je crois.

— Et elle se conduit bien ?

— Oui, enfin, il semblerait. Elle a tout, tu comprends. À peu près rien à faire, sauf s'habiller le soir pour ce type.

— Je vois.

Il changea de sujet sans effort.

— Vas-tu conserver la maison ?

— Oui, je pense, dit-elle en hochant la tête. J'ai vécu si longtemps ici, Harry, déménager me paraîtrait affreux. J'ai envisagé de devenir infirmière, mais ça m'obligerait à partir, évidemment. Je suis presque décidée à adopter l'idée de la pension de famille.

— Pour y habiter ?

— Non, la tenir. Une dame ouvrant une pension de famille, n'est-ce pas original ? En tout cas, je pourrais embaucher une femme de couleur pour m'aider à héberger une huitaine de personnes l'été, deux ou trois l'hiver, si je les trouve. Bien entendu, je serais obligée de faire repeindre la maison et de réaménager l'intérieur.

Harry réfléchit.

— Mais, Roxane… enfin, naturellement, c'est toi qui sais le mieux de quoi tu es capable, mais ça fait un effet bizarre, Roxane. Tu t'es installée ici en tant que jeune épouse…

— Grâce à quoi, peut-être, ça m'est égal d'y rester en tant que dame tenant une pension de famille.

— Je me rappelle un certain plateau de biscuits.

— Ah, ces biscuits ! s'écria-t-elle. Néanmoins, après ce qu'on m'a dit de ton appétit à les dévorer, je suis sûre qu'ils n'étaient pas si mauvais que ça. Malgré l'accablement dans lequel je me trouvais ce jour-là, je n'ai pas pu m'empêcher de rire quand l'infirmière m'a raconté.

— J'ai remarqué qu'il y a toujours la trace des douze clous dans le mur de la bibliothèque, là où Jeff les avait plantés.

— Oui.

La nuit se densifiait, l'air devenait coupant. Un souffle de vent vit tomber une dernière volée de feuilles. Roxane frissonna un peu.

— On ferait bien de rentrer.

Il regarda sa montre.

— Il est tard, je dois me sauver. Je repars demain dans l'Est.

— Es-tu obligé ?

Ils s'attardèrent un moment au pied du perron, à contempler une lune qui semblait chargée d'une neige issue des lointains où s'étendait le lac. L'été était fini, même celui de la Saint-Martin. L'herbe était froide ; il n'y avait ni brume ni rosée. Lorsqu'il serait parti, elle rentrerait, allumerait les lampes, fermerait les volets tandis qu'il descendrait vers le bourg. La vie avait commencé rapidement pour ces deux-là et fui sans laisser d'amertume, mais de la compassion ; nulle désillusion, mais de la douleur. La lune donnait déjà assez de lumière, lorsqu'ils se serrèrent la main, pour que chacun vît affleurer la bonté aux yeux de l'autre.

DÉCOUVREZ LES FOLIO 2 €

Parutions de septembre 2009

Eva ALMASSY *Petit éloge des petites filles*
À quel âge les petites filles cessent-elles d'être des petites filles ? À travers les portraits de fillettes réelles et imaginaires, Eva Almassy nous entraîne dans un pays mystérieux et délicieux.

Franz BARTELT *Petit éloge de la vie de tous les jours*
Dans les brumes ardennaises, Franz Bartelt décortique les petits travers de ses contemporains avec un humour et une férocité jubilatoires.

Roger CAILLOIS *Noé* et autres textes
Quelques textes audacieux et surprenants d'une rare intelligence.

CASANOVA *Madame F.* suivi de *Henriette*
Entre deux ébats amoureux, Casanova nous entraîne à sa suite dans l'Europe libertine du XVIIIe siècle.

Henry JAMES *De Grey, histoire romantique*
Une nouvelle tragique et mystérieuse dans laquelle Henry James explore l'univers irrationnel de la passion amoureuse.

Patrick KÉCHICHIAN *Petit éloge du catholicisme*
Loin de tout prosélytisme, Patrick Kéchichian témoigne avec force de sa conversion au catholicisme et du bouleversement qui s'est ensuivi.

Michel LERMONTOV *La Princesse Ligovskoï*
Ce roman inachevé nous offre une admirable peinture psychologique de deux jeunes mondains, ainsi qu'une brillante peinture du Saint-Pétersbourg de 1830.

Pierre PÉJU *L'idiot de Shangai* et autres nouvelles
Pierre Péju, à travers trois nouvelles subtiles, nous propose une réflexion pleine de finesse et d'humour sur l'écrivain et ses personnages.

Brina SVIT *Petit éloge de la rupture*
Ruptures amoureuses bien sûr, mais aussi ruptures linguistiques, professionnelles ou amicales… Le temps d'écrire ce petit éloge, Brina Svit les a toutes connues.

John UPDIKE *Publicité* et autres nouvelles
À travers ces quatres nouvelles, John Updike brosse un tableau affectueux bien que critique du couple dans tous ses états.

Dans la même collection

M. D'AGOULT	*Premières années* (Folio n° 4875)
R. AKUTAGAWA	*Rashômon* et autres contes (Folio n° 3931)
AMARU	*La Centurie. Poèmes amoureux de l'Inde ancienne* (Folio n° 4549)
P. AMINE	*Petit éloge de la colère* (Folio n° 4786)
M. AMIS	*L'état de l'Angleterre* précédé de *Nouvelle carrière* (Folio n° 3865)
H. C. ANDERSEN	*L'elfe de la rose* et autres contes du jardin (Folio n° 4192)
ANONYME	*Ma'rûf le savetier* (Folio n° 4317)
ANONYME	*Le poisson de jade et l'épingle au phénix* (Folio n° 3961)
ANONYME	*Saga de Gísli Súrsson* (Folio n° 4098)
G. APOLLINAIRE	*Les Exploits d'un jeune don Juan* (Folio n° 3757)
ARAGON	*Le collaborateur* et autres nouvelles (Folio n° 3618)
I. ASIMOV	*Mortelle est la nuit* précédé de *Chante-cloche* (Folio n° 4039)
S. AUDEGUY	*Petit éloge de la douceur* (Folio n° 4618)
AUGUSTIN (SAINT)	*La Création du monde et le Temps* suivi de *Le Ciel et la Terre* (Folio n° 4322)

MADAME D'AULNOY	*La Princesse Belle Étoile et le prince Chéri* (Folio n° 4709)
J. AUSTEN	*Lady Susan* (Folio n° 4396)
H. DE BALZAC	*L'Auberge rouge* (Folio n° 4106)
H. DE BALZAC	*Les dangers de l'inconduite* (Folio n° 4441)
É. BARILLÉ	*Petit éloge du sensible* (Folio n° 4787)
J. BARNES	*À jamais* et autres nouvelles (Folio n° 4839)
S. DE BEAUVOIR	*La Femme indépendante* (Folio n° 4669)
T. BENACQUISTA	*La boîte noire* et autres nouvelles (Folio n° 3619)
K. BLIXEN	*L'éternelle histoire* (Folio n° 3692)
K. BLIXEN	*Saison à Copenhague* (Folio n° 4911)
BOILEAU-NARCEJAC	*Au bois dormant* (Folio n° 4387)
M. BOULGAKOV	*Endiablade* (Folio n° 3962)
R. BRADBURY	*Meurtres en douceur* et autres nouvelles (Folio n° 4143)
L. BROWN	*92 jours* (Folio n° 3866)
S. BRUSSOLO	*Trajets et itinéraires de l'oubli* (Folio n° 3786)
J. M. CAIN	*Faux en écritures* (Folio n° 3787)
MADAME CAMPAN	*Mémoires sur la vie privée de Marie-Antoinette* (Folio n° 4519)
A. CAMUS	*Jonas ou l'artiste au travail* suivi de *La pierre qui pousse* (Folio n° 3788)
A. CAMUS	*L'été* (Folio n° 4388)
T. CAPOTE	*Cercueils sur mesure* (Folio n° 3621)
T. CAPOTE	*Monsieur Maléfique* et autres nouvelles (Folio n° 4099)

A. CARPENTIER	*Les élus* et autres nouvelles (Folio n° 3963)
M. DE CERVANTÈS	*La petite gitane* (Folio n° 4273)
R. CHANDLER	*Un mordu* (Folio n° 3926)
I. DE CHARRIÈRE	*Sir Walter Finch et son fils William* (Folio n° 4708)
J. CHEEVER	*Une Américaine instruite* précédé de *Adieu, mon frère* (Folio n° 4840)
G. K. CHESTERTON	*Trois enquêtes du Père Brown* (Folio n° 4275)
E. M. CIORAN	*Ébauches de vertige* (Folio n° 4100)
COLLECTIF	*Au bonheur de lire* (Folio n° 4040)
COLLECTIF	*« Dansons autour du chaudron »* (Folio n° 4274)
COLLECTIF	*Des mots à la bouche* (Folio n° 3927)
COLLECTIF	*« Il pleut des étoiles »* (Folio n° 3864)
COLLECTIF	*« Leurs yeux se rencontrèrent… »* (Folio n° 3785)
COLLECTIF	*« Ma chère Maman… »* (Folio n° 3701)
COLLECTIF	*« Mon cher Papa… »* (Folio n° 4550)
COLLECTIF	*« Mourir pour toi »* (Folio n° 4191)
COLLECTIF	*« Parce que c'était lui ; parce que c'était moi »* (Folio n° 4097)
COLLECTIF	*« Que je vous aime, que je t'aime ! »* (Folio n° 4841)
COLLECTIF	*Sur le zinc* (Folio n° 4781)
COLLECTIF	*Un ange passe* (Folio n° 3964)
COLLECTIF	*1, 2, 3… bonheur !* (Folio n° 4442)

CONFUCIUS	*Les Entretiens* (Folio n° 4145)
J. CONRAD	*Jeunesse* (Folio n° 3743)
J. CONRAD	*Le retour* (Folio n° 4737)
B. CONSTANT	*Le Cahier rouge* (Folio n° 4639)
J. CORTÁZAR	*L'homme à l'affût* (Folio n° 3693)
J. CORTÁZAR	*La porte condamnée* et autres nouvelles fantastiques (Folio n° 4912)
J. CRUMLEY	*Tout le monde peut écrire une chanson triste* et autres nouvelles (Folio n° 4443)
D. DAENINCKX	*Ceinture rouge* précédé de *Corvée de bois* (Folio n° 4146)
D. DAENINCKX	*Leurre de vérité* et autres nouvelles (Folio n° 3632)
D. DAENINCKX	*Petit éloge des faits divers* (Folio n° 4788)
R. DAHL	*Gelée royale* précédé de *William et Mary* (Folio n° 4041)
R. DAHL	*L'invité* (Folio n° 3694)
R. DAHL	*Le chien de Claude* (Folio n° 4738)
S. DALI	*Les moustaches radar (1955-1960)* (Folio n° 4101)
M. DÉON	*Une affiche bleue et blanche* et autres nouvelles (Folio n° 3754)
R. DEPESTRE	*L'œillet ensorcelé* et autres nouvelles (Folio n° 4318)
R. DETAMBEL	*Petit éloge de la peau* (Folio n° 4482)
P. K. DICK	*Ce que disent les morts* (Folio n° 4389)
D. DIDEROT	*Lettre sur les aveugles à l'usage de ceux qui voient* (Folio n° 4042)
F. DOSTOÏEVSKI	*La femme d'un autre et le mari sous le lit* (Folio n° 4739)

Composition Bussière
Impression Novoprint
à Barcelone, le 22 octobre 2009
Dépôt légal : octobre 2009
1er dépôt légal dans la collection : avril 2008

ISBN 978-2-07-035639-3/Imprimé en Espagne.

172519